異世界ごはんで子育て中！

～双子のエルフと絶品ポトフ～

宮本れん

この作品はフィクションです。
実在の人物・団体・事件などに
一切関係ありません。

目次

異世界ごはんで子育て中！
～双子のエルフと絶品ポトフ～

異世界ごはんで子育て中！

～双子のエルフと絶品ポトフ～

プロローグ

それまで見ていたゲームの画面が、突然、パッと切り替わる。

勇者として召喚される条件が揃ったのだ。厳《おごそ》かにはじまった呪文によって、今まさに、圧倒的な力が発動されようとしていた。

「うわ…、うわ……来たっ……！」

コントローラーを握る手がじわりと汗ばむ。

ここで分岐《ぶんき》を間違えてはいけない。これまで何度も失敗してきただけに、僕は逸《はや》りそうになる気持ちをグッとこらえて注意深く選択肢《せんたくし》を選んでいく。やっとこの時が来たんだと思うと叫び出したくなるような高揚感《こうようかん》があった。

「よし。これで行けるはず。……行くぞ」

ゴクリと喉が鳴る。

大きく深呼吸をして心を落ち着け、術者の召喚《しょうかん》に応じる選択肢を押した瞬間、画面から眩《まばゆ》いばかりの光が迸《ほとばし》った。

「わっ……！」

とっさに片手で目を覆う。

同時に、時空がぐにゃりと歪んだかのような、妙な浮遊感《ふゆうかん》に襲われた。

「……え？」

本が、浮いてる。

目の前に浮遊しているのは開きっぱなしの攻略本。それから、暑くて脱いだパーカー。

枕も布団も、食べかけのスナック菓子まであらゆるものがふわふわ浮いているのを見て目を疑った。

「な、なんだこれ⁉」

まるで現実とは思えない。

そうこうしているうちに、室内にハレーションが広がっていく。

「……！」

光に灼《や》かれる――そう思った瞬間、ゴオオオッ！　という耳を劈《つんざ》くような音とともに強い力に引っ張られた。

まるで、ジェット機に掴まって空を飛んでいるみたいだ。

僕の身体はなすすべもなく揺さぶられ、頭の中が空《から》っぽになるんじゃないかと思うほど上下左右にシェイクされて、あっという間になにもわからなくなっていく。

それでもコントローラーは手放さなかったんだから、自分で思っていた以上に僕は筋金《すじがね》入りのゲーマーかもしれない。大好きなゲーム中に死ぬならむしろ本望だ。

死ぬ？

僕が？

まだ二十三歳なのに……⁉

チラと脳裏を過った現実に我に返りかけたものの、そんなことなどお構いなしに意識はどこかへ飛ばされていく。

それきり僕は、なにもわからなくなった。

1．双子のエルフ、拾いました

目を覚ますと、そこは鬱蒼《うっそう》とした森の中だった。

「………どこだ、ここ？」

僕――鈴本《すずもと》ナオは、あちこち痛む身体をさすりながら起き上がる。

Tシャツやデニムについた土を払い、大きく伸びをしたところで、ふと、近くにゲームのコントローラーが転がっているのが目に入った。

そうだ。

ゲームの最中に不思議なことが起きたんだっけ。謎の光に包まれて、空中に浮かんで、そして強い力に引っ張られて――。

「もしかしてここ、ゲームの世界？」

口に出した途端、期待に胸がふくらんだ。

小さい頃からゲームが大好きで、最近は剣と魔法の冒険アドベンチャー『グランソード・デスティニー』というオンラインRPG《アールピージー》をやりこんでいる。

ストーリーがしっかりしていてグラフィックもきれいだし、なにより、勇者や魔法使いといったそれぞれのキャラクターが魅力的なのだ。

当然ファンも多く、ゲームの腕前を競う大会は地方予選から大盛り上がりだ。ファンイベントも盛況で、実況動画を作ったり、ファンアートを描いたりと、それぞれのやり方で楽しんでいる人たちがたくさんいる。

僕は、その中では少し変わり種《だね》。

ゲームに登場する塊肉の煮込みやスープなど、おいしそうな料理を自分なりに再現してSNSにアップすることを密《ひそ》かな趣味にしている。

もちろん冒険がメインのゲームなので、料理はキャラクターが酒場に立ち寄った時など限られたシーンでしか登場しない。

それでも、勇者の日常が垣間見えるようで好きなのだ。それに、おいしいものを作ればその分食べる楽しみも増える。まさしく一石二鳥だ。

子供の頃から強く逞《たくま》しい勇者に憧れていた。

けれど、現実は残酷だ。

身長はどう頑張っても一七〇センチまでしか伸びなかったし、バキバキに腹筋が割れる予定だった身体もヒョロヒョロ。焦げ茶色の髪はふんにゃりした猫毛だし、同じ色の目も切れ長というよりまん丸で、まるで精悍《せいかん》さの欠片《かけら》もない。

だからこそゲームの世界に没頭したし、自分の得意分野を活かせる再現料理を楽しんでいたのだけれど。

「これは困ったな……」

キョロキョロと辺りを見回してみるものの、残念ながらこの森に見覚えはない。

もう何度もプレイした『グランソード・デスティニー』なら、どんな場所でも覚えていると自負している。

それでもほんの少しだけ、面影があるような気はするんだけど……。

『――あ、目が覚めたんですね。おはようございます！』

「……っ！」

突然、頭の中で明るい声がした。

びっくりして周りを探したけれど誰もいない。

『違います違います。直接話しかけてるんですよ』

「え？」

『ですから、直接ナオさんの頭の中に話しかけてるんですってば』

言葉の意味を理解した途端、ぞわわわっ！　と鳥肌が立った。

「だ、誰っ？　お化《ば》け？　幽霊？　それともゴースト？」

『あのう…、ナオさん。それ、全部同じ意味だと思います。それにぼくは幽霊なんかじゃありませんよ。神様です！』

「えっへん！」とでも言いたげに宣言されたはいいものの。

「……神様？」

なんだそれは。

神様って、普通は神社や教会にいるものじゃないのか？

『だーかーらー、違いますってば』

それに、なんかやたらとフランクだ。これが一番胡散臭《うさんくさ》い。どこ向いて喋《しゃべ》ればいいかもわかんないし、人のこと『ナオさん』だなんて呼ぶし……。

「ちょっと待って。なんで僕の名前知ってるんだ？　それに、なんかさっきから考えてることが読まれてるっぽくない？」

『読めますよ。というか、読んでます』

「は？」

『言ったじゃないですか、頭の中に話しかけてるんですって。ナオさんの考えてること、ぼくにはぜーんぶお見通しですよ～』

今度は「ふふん」という笑い声まで聞こえた。さっきの「えっへん！」も、もしかしたら聞こえていたものかもしれない。

「えーと………」

ちょっと頭が痛くなってきたな。

『大丈夫ですか？　ポーション飲みます？』

「いや…、ちょっと待って。なんかよくわかんなくなってきて……」

『混乱するのはまだ早いですよ。だって、まだなにも説明してないですもん』

軽い殺意を覚える。

その瞬間、神様とやらは『ヒッ』と息を呑んだ。どうやら考えていることがわかるというのは本当らしい。

それはわかったけれど、どういう理屈なんだろう。そしてここはどこなんだ。頭の中に次々と疑問が浮かんでくる。

それを察したようで、神様はもっともらしく咳払いをすると説明をはじめた。

『ぼくの名前はランゲルベルト。ナオさんの召喚主《しょうかんぬし》です』

「召喚主？」

『実は、この森の奥にオーガが住んでまして……あ、オーガって知ってます？　人喰い鬼とも呼ばれる巨人族です。この森のオーガは特に残忍で凶暴な性格で、一度暴走したらなかなか止まらないんですが、そんな彼らが群れで大暴れしてしまって……』

急遽、オーガを討伐する勇者が必要になり、ランゲルベルトが召喚術を行ったところ、なぜか僕が召喚されてしまった――ということらしい。ちなみに件《くだん》のオーガは、別の人がちゃんとやっつけたそうだ。

「はあぁ⁉」

思わず大きな声が出た。

頭の中でランゲルベルトも『ヒィッ』と声を上げている。

「なんだってそんなことに」

『それが、召喚の呪文を唱えた際に、こう……時空がひょいっと交錯《こうさく》しまして……』

「時空ってそんなに気軽に交錯するの？」

『いえ！　普通はしないいんですけど！　本来はあり得ないことなんですけど！』

「でも、あり得ちゃったんだ」

『はい……』

ランゲルベルトの声も心なしかしゅんとしている。

『勇者召喚は、相手が応えない限り無理矢理引っ張ってくることはできません。ですからぼくも、どうしてこうなったのかさっぱり……』

「あ！」

身に覚えがあった。

「僕、ゲームの中で召喚に応じた」

その瞬間、強い光に包まれ、身体が引っ張られたように感じたのだ。

そう言うと、ランゲルベルトは『えぇえ！』と甲高《かんだか》い声を上げた。

『そんなことってあるんですか!?』

「僕もまだ信じられないけど、でも、そうだとすると全部説明がつく。コントローラーも握ったままだったし」

『へぇ。それ、こんとろーらーっていうんですね。不思議な形……』

ランゲルベルトは興味津々のようだ。

ゲームそのものを知らない彼にひととおり説明しているうちに、徐々に気持ちも落ち着いてきた。

「まぁ、原因はよくわかんないけど、時空を越えてリンクしちゃったんならしょうがないよね」

『ナオさんって、肝《きも》が据《す》わってますね』

「だって慌てたって解決しないし。それに、こういうハプニングもゲームっぽいし」

『……ゲーオタ怖い……』

「なんか言った？」

『いいえなにもっ』

ランゲルベルトが大慌てで食い気味に被《かぶ》せてくる。

……言っとくけど、聞こえてたからね。

心の中で釘を刺すと、案の定『ふおっ』という声がした。

「ところで、家に帰るにはどうしたらいい？　まさかとは思うけど、帰れないってことはないよね？」

『…………』

「おい。ちょっと！」

『すみません！　ありません！　戻れません！』

「嘘だろ⁉」

『嘘じゃないんです～～～』

『うわぁぁん！』とランゲルベルトが頭の中で泣きはじめる。これがもう、喧《やかま》しいったらない。

「わかった！　わかったから泣きやんで！　お願い！」

『ううすみません……』

違う世界から偶然召喚された以上、神であっても戻し方はわからないのだそうだ。

つまり、これからはここで生きていかなければならないということらしい。

「……マジか…………」

『お、お詫びに、ナオさんがこちらの世界で生きていくのに必要なものは用意させていただきますし、なんならほしいものを言ってもらえれば、ちょちょいっと……』

ちょちょいっと、で追加されるものがなんなのか、訊くのも怖い。

『そんなこと言わないでくださいよぉ。……えーとね、まずは言葉がわからないと困るでしょうから言語能力と、この国の基礎知識は必須で。先立つものもないと不安ですよね。だから多少のお金とー、それからスキルとー……』

ランゲルベルトが頭の中で指折り数えはじめる。イメージは完全におっちょこちょいのチビ天使だが、果たして合っているんだろうか。

『あ、はい。だいたいそんな感じです！』

どうやらお墨付きをいただいたようだ。

「ねぇ、ランゲルベルト。……あ、『ランゲルベルト様』？　それとも『神様』って呼んだ方がいい？」

『いえいえそんな、他人行儀な』

「じゃあ、ランゲルベルトって長くて呼びにくいから、ランランね」

『えっ。えええええ……！　でも、まぁ……はい……』

今度はあまりお気に召さなかったらしいが、腹いせにスルーしておく。

「それで、ランラン。スキルってどんなやつ？　せっかく召喚されたんだし、勇者にしてくれるとうれしいんだけど」

『それが、ナオさんの素質的に勇者は難しそうです』

「……僕、異世界に来てまで勇者になれないのか……」

『お、落ちこまないでください！　その分すごいスキルつけちゃいますから！　時空魔法なんてどうです？　鑑定スキルもオマケします』

「えっ。ほんとに？」

まさかの特大ラッキーだ。

時間と空間を扱う時空魔法は、四次元に跨《また》がる強い魔法だ。備えている魔力によっては時間や空間を自由自在に操ることができる。

強い敵と戦う際に大きなアドバンテージになるので、『グランソード・デスティニー』プレイ中も喉から手が出るほどほしかったっけ。

なにせ、時間を止めることができればその間に敵を倒すことができるし、もしも大切な仲間が殺されてしまった場合も、時間を戻せば死なせずに済む。

同じように、異次元空間を自由自在に作り出すことができれば、敵を次元の狭間《はざま》に落としたり、遠隔地に飛ばして危機を回避することもできる。

そんな憧れのスキルを、まさかリアルに身につけることができるなんて！

『あのう。盛り上がっていらっしゃるところ大変申し上げにくいのですが、ナオさんにはそこまでの魔力はありませんので……』

「うん？」

『想像の三分の一くらいだと思っていただければ……』

「えっ。そうなの？」

時間を止めたり、早く進めたりすることはできるようだが、巻き戻すことはできない。

また、異次元空間を作り出すこと自体はできても、大がかりなことは無理で、せいぜい物を無限に収納できるマジックバッグとして活用する程度だという。

「うーん。しょぼい……」

持って生まれた素質のせいと言われてしまえばそれまでだけど、それこそ神様の力で華々しくチートできると思ったのに。

『でもほら、無限収納、役に立ちますよ。なんでも入れて持ち運べますし、中に入れてる間は時の流れから切り離されますから、食べものも腐《くさ》りませんし！』

ランランが必死に訴えてくる。

いまいちピンと来ないけれど、くれると言うならもらっておこう。

「あとはなんだっけ。鑑定スキル？」

『はい。物体のステータスを見ることができるスキルです！　これがあれば、毒キノコを食べてお腹を壊すなんてこともありません！』

うん。そうだね……そうだろうね……。

まぁ、これも一応もらっておこう。あって損するものでもないだろうし、なによりいらないと言ったらまたランランが泣きそうだ。

そんなわけで、スキルの使い方をザッと教わったところで、試しに自分のステータスを開いてみた。

「ステータス、〈オープン〉！」

使い方といっても、鑑定スキルの方はただ唱《とな》えるだけなんだけど。

それでも格好つけて高らかに唱和《しょうわ》すると、目の前に半透過のステータスパネルが現れた。

こんなところはゲームを彷彿《ほうふつ》とさせる。

「へぇ。名前に年齢……種族、レベル、スキル……いろいろ見られるんだ」

スキルの欄には時空魔法や鑑定はもちろん、言語や料理、それに解体なんて物騒《ぶっそう》なものまである。どのランクもそう高くない中、なぜか料理だけが突出していた。

これもあれかな。もともとの趣味がそのまま反映されてるのかな。

『はい。ナオさんの場合は、それで生計《せいけい》を立てると良いかと』

「生計？　……あ、そっか」

元の世界に戻れないということはつまり、ここで仕事をして生活費を稼がなくてはならないということだ。

でも、どこでなにを？　と思う前にランランがアドバイスをくれた。

『とりあえず、人がたくさんいるところで仕事探しをしてはいかがですか？　このガートランドの森を抜けた先に、エルデアという首都があります』

　エルデアは大国エルデアの同名首都で、中心部には城塞都市イアがあるそうだ。強固な城壁で守られたイアには商人や職人だけでなく、冒険者や魔法使い、学者に術士までありとあらゆる人々が暮らしており、職種ごとにギルドによって管理されているとのことだった。

『それに、ナオさんにはお気の毒ですが……この森、出るんですよね』

「は？」

『オーガやガーゴイルたちが住んでいますので、もし見つかった場合、今のナオさんの戦闘スキルでは良くて重傷、悪くて死亡という可能性も……』

「おい！　ランラン！」

　なんだってそんなところに召喚したんだよ！　そもそも目を覚ませなかった可能性もあるじゃないか！

『すすす、すみません。ちょっとこう、力の加減を……』

「まったくもう！」

　頭の中で『ふおぉぉ…』という声が聞こえる。ぷるぷるふるえながら土下座《どげざ》をするチビ天使を思い浮かべ、しかたがないのでそれで手打ちにすることにした。

「まぁ、どのみち早く抜けた方がいいってことだな。ちなみに、歩いてどのくらいかかりそう？　それと、どの方角かわかる？」

『おそらく、二、三日ほどでしょうか。あちらの大きな木がある方角です』

「二、三日か……結構かかるな。焦《あせ》らず気長に行くことにするよ。……あ、それからランラン。ランランとはこれでお別れ？」

『さ、寂しいですかっ』

……いや、そういうわけでもないけど。

『えぇっ』

「いやいや、寂しいよ。それに心細いな。これから先、どうしたらいいかわからない時もあるだろうし……」

『ご安心ください！　心の中で話しかけていただければ、いつでも対応させていただきますので！』

食い気味に捲《まく》し立てられ、頭がキーン！　となった。

いつどこにいても相談できるというのは心強いけど、肝心の神様がこれじゃ……あっ、また頭の中でチビ天使の顔がみるみる歪んでいく。

「いやっ！　安心！　安心だなぁははは！」

『ふふっ。ですよね。では、ナオさん、行ってらっしゃーい！』

トン、と背中を押されるような感覚に蹈鞴《たたら》を踏む。

そしてそれきりランランの声は聞こえなくなった。もう大丈夫だと判断したのだろう。急に現れたと思ったら、急に消えるところまで気紛《きまぐ》れな神様らしい。

「……やれやれ。思いがけないことになったなぁ」

ポリポリと頭を掻きながら周囲を見回す。

鬱蒼とした森はなにがあるのかよく見えない。魔獣が潜《ひそ》んでいたとしても今の自分ではわからないだろうし、ましてや戦うなんて無理中の無理だ。

こんな状態で、しかも二、三日も歩き続けるなんて。

「しょっぱなから高いハードルだなぁ。ランランめ」

愚痴《ぐち》をこぼした途端、頭の中で『はっくしょん！』とくしゃみが聞こえた。ランランがこっそり聞いているのかもしれない。おっちょこちょいのくせに妙に義理堅いというか、なんというか。

「ま、とにかく行きますか」

首都エルデアを目指して出発だ。

愛用のコントローラーをマジックバッグにつっこむと、教えてもらった方角を目指し、僕は記念すべき第一歩を踏み出した。

道中はなかなか快適だった。

見たこともないような植物を鑑定スキルで調べるのはおもしろかったし、食べられるとわかった木の実や果物を片っ端からマジックバッグに放りこんでおいたので、飢《う》えて死ぬ心配もない。

特に、マジックバッグの威力は絶大だった。

「なるほどね。こういうことだったんだ」

果物はもぎたてのまま新鮮さを保ってくれるし、布袋《ぬのぶくろ》の口を縛って入れておけばいつでも冷たい湧き水で喉を潤すことができる。

「これはいいものもらったなぁ」

あの時は「くれるならもらっておこう」ぐらいの気持ちだったけれど、今や「これなしじゃ生きていけない！」ほどサバイバルの必需品になった。マジックバッグ様様だ。

……いや、この場合、ランラン様様って言うべきか？

そんなことを思った途端、頭の中で「くしゅん！」というくしゃみが聞こえた。ははは。かわいいやつめ。

かくして僕は、旅の道連れ（ただしエア）とともに日が暮れるまで森をひたすら歩き、クタクタな身体を丸めて眠り、日の出とともに再びエルデアを目指した。

疲れるけれど、自然に囲まれているのは心地がいい。森の匂いが清々《すがすが》しい気分にさせてくれるし、本当に冒険をしているようでテンションも上がる。あとは、恐ろしい獣が出てこないことを祈るばかりだ。

そんな生活を続けて二日目のこと。

だいぶ日も高くなってきたし、そろそろ昼食でも……と思ったその時、少し先の茂みがガサッと揺れた。

「……！」

なにかいる。獣かもしれない。

すぐ逃げられるように身体を半分捻《ひね》りながら、僕は固唾《かたず》を飲んで様子を窺《うかが》った。なにせ戦うスキルはゼロなのだ。いざとなったら全速力で逃げるしかない。

ううう……魔獣じゃありませんように……。

祈りながら茂みを見つめる。

ガサガサ、ゴソゴソと大きく葉が揺れた次の瞬間、なにかが、ポン！　と飛び出した。

「うひゃあ！」

とっさにダッシュしかけ――――待てよ、と立ち止まる。

「……子供？」

ふり返って見てみれば、茂みの上にひょっこり顔を出しているのは三歳ぐらいのふたりの男の子だ。

彼らも、目の前に人がいるとは思わなかったのだろう。宝石のような青い目をぱちぱち瞬《また》かせながらこちらを見ている。やわらかそうなプラチナブロンドの髪や、陶器《とうき》のようになめらかなミルク色の肌など、色素の薄い外見の中で青い瞳はひときわ目を引いた。

どちらも生成りの貫頭衣《かんとうい》を着ている。少し汚れているのは泥遊びでもしたんだろうか。

よく見れば、ふたりとも顔がそっくりだ。

それに、髪の間からは先の尖《とが》った耳がひょっこりと顔を出している。

「もしかして、エルフ……？」

子供たちはお互いに顔を見合わせ、もう一度こちらを向いたかと思うと、不思議そうにこてんと首を傾げた。

「えっと……僕の言うこと、わかる？」

「………」

無言で突き刺さる視線が痛い……でも、ここで放り出すわけにもいかない。

「ふたりで遊んでたの？　お父さんやお母さんは？　森は危ないよ。早くお帰り」

丸腰で歩いてる僕が言っても説得力はないんだけど。

「お家はどこかな？」

そこではじめて反応が返ってきた。少しだけれど、首を横にふってくれたのだ。

ということは、つまり……迷子？

これはもうエマージェンシー発動だ。

『ランラン。ごめん、聞こえる？』

『はい』

心の中で話しかけると、ランランはすぐに応えてくれた。うん、これは助かる。

『この子たち迷子みたいなんだ。親のところに連れてってあげたいんだけど、どうすればいいかな』

今度は、返事が来るまで一瞬の間があった。

『おそらくですが、逃げ延びた生き残りだと思います。親の方も行方がわからなくなっているかもしれません』

『それじゃ、ふたりはずっとこのまま？』

『はい……』

それは拙《まず》い。こんなところに放っておいたら、あっという間に獣に食われてしまう。

『わかった。ありがと』

ランランとの会話を終わらせ、あらためて子供たちに向き合う。しゃがんで目の高さを合わせると、怖がらせないようににっこりと笑いかけた。

「ふたりとも、おいで。僕と一緒に行こう」

子供たちは顔を見合わせ、目と目で相談をはじめる。

終始無言だが、時々「うんうん」と頷いたり、「いやいや」と首をふったりしているから、ふたりの間でだけ成立する独自の意思疎通《そつう》法なんだろう。

しばらくすると意見がまとまったようで、もう一度こちらをじっと見てきた。僕が悪い大人じゃないかどうかを見定めようとしているのかもしれない。

「そうだよな。知らない人についていっちゃいけませんって教わるもんな。その警戒心は立派だぞ。偉い偉い」

パチパチと拍手をすると、ふたりはびっくりしたように目を丸くした。

それから顔を見合わせ、自分たちでも真似をして両手を打ち合わせてみる。

ぺち。ぱちん。ぺちぺち。ぱちんっ。

音が鳴ったのがうれしかったのか、片方は身体を揺すり、もう片方は飛び跳ねながら、何度も何度も手を叩いた。

その顔が少しずつ綻《ほころ》んでいく。

「かーわいいなぁ」

僕はうれしくなって、今度は指をパチンと鳴らしてみせた。

ふたりはまたも目を丸くしてそれに見入り、真似しようと四苦八苦する。けれど子供の指には難しかったらしく、できないとわかるやしおしおとしょぼくれてしまった。

「あーあー、そんな顔するなって。これならどうだ？」

今度は「ヒューッ」と口笛を吹く。

「……！」

ふたりの目は今までで一番まん丸だ。ド、レ、ミ、ファ、ソ、と音階をつけてやると、まん丸の目がさらにきらきらと輝いた。

「ははは。気に入ってくれたみたいだな。こうやるんだ。まずは唇を前に突き出して……そうそう。それから、そーっと息を吐き出す」

ピィー。ピョォォォ。

か細くも、高い音が出た。

「！」

「！」

ふたりは昂奮《こうふん》した様子で顔を見合わせている。言葉よりも雄弁《ゆうべん》に語る表情に僕はさっきから頬がゆるみっぱなしだ。

子供たちは茂みの中から這い出すなり、我先にとこちらへ駆け寄ってきた。

「んー！」

「わっ」

目の前で止まってくれるかと思いきや、ふたり一緒に、どーん！　と体当たりがきた。

しかも、尻餅をついた僕の膝の上に遠慮なくグイグイと乗り上げてくる。

「んっ！　んっ！」

「なんだ？　抱っこか？」

「ふふー」

「おまえもか。しょうがないな」

ふたりまとめて膝の上に抱っこしてやると、子供たちはうれしそうに揃って「にぱぁ」と笑った。

……ま、眩しくて目がやられる……。

生まれてこのかた子供の面倒なんて見たことがない僕でもこれには参る。

そうしてよくよく観察してみると、そっくりな双子でも微妙に性格が違うらしいことがわかった。

片方はわりと慎重なタイプで、至近距離から僕の顔をしげしげと観察している。

もう片方はとにかく元気いっぱいで、足をバタバタさせながら膝の上を満喫《まんきつ》中だ。

そっと頭を撫でてやると、ふたりはうれしそうにうっとりと目を細めた。

「あー……もう。かわいい。わかった。僕の負け」

これはもう、連れていかないなんて選択肢はない。

「ふたりとも、一緒に来るよな？」

「ん！」

「ん！」

「よし！」

良かった。内心ほっとしたのは秘密だ。

「それじゃ、名前を教えてくれるか？　……えーと、自分の名前、わかる？」

案の定、ふたりは首を傾げる。

「そっか。じゃあ、僕がつけてもいい？」

今度はこくんと頷いてくれた。

「ん～～……そうは言っても、名づけなんてしたことないしなぁ。あんまり日本っぽい名前だとこの国で生きていくのも大変だろうし……」

そこでふと、『グランソード・デスティニー』のキャラクターが脳裏を過る。

そうだ。聖なる力を持つ双子の精霊がいたんだっけ。

「よし。決めた」

僕はわざとらしく「おっほん！」と咳払いをすると、膝の上の子供たちに向き合った。

「おまえの名前はリートランド。リーって呼ぶからな。それからおまえはルートヴィヒ。ルーだ」

「リー？」

「ルー？」

「そうだよ。気に入った？　……わっ」

訊《たず》ねた瞬間、ふたりは歓声を上げながら身体を揺らす。よほどうれしかったのだろう。

お互いに「リー」「ルー」と呼び合ってはきゃっきゃっと笑っている。

「気に入ってもらえて良かった。僕の名前はナオだ。これからよろしくな」

「ナオ！」

「ニャオ！」

ぎゅうっと抱きついてくるリーとルーを抱き返すと、ふたりはまたもかわいらしい声で笑い転げた。茂みの中から顔を出した時とは大違いだ。

こうして、旅の道連れがまた増えた。これからは三人＋ひとり（エア）でエルデアを目指す。

――でも、その前に。

「お腹空いてるだろ？　ごはんにしようか」

声をかけると、子供たちは「きゃー！」とうれしそうにバンザイする。

腹が減っては戦はできぬって昔から言うしな。それに、おいしいものを食べさせたら、ふたりともきっと目を丸くして大よろこびするに違いない。

なにより僕が、またあの顔を見たい！

なにを食べさせてあげようかと頭を巡《めぐ》らせながら、僕はこっそり頬をゆるめるのだった。

2．絶品ポトフとパンケーキ

子供たちのくるくる変わる表情を堪能《たんのう》しながら歩くこと三日。

その間にわかったことがたくさんある。

まず、リーとルーが草魔法を使えるということ。

あれは、頭上から木の実が落ちてきた時のことだ。僕が気づくより早く、近くに生えていた低木が身を挺《てい》して子供たちを守った。テニスラケットみたいに枝の先に葉っぱを寄せ集めて、あさっての方にポーンと打ち返した。

いやー、驚いたのなんの。

だって、植物が動いたんだよ！

その時は呆気《あっけ》に取られたものの、我に返ったらおかしくなって笑ってしまった。

ふたりにはこれが日常のようだ。

歩いていると、植物の方からササッと道を空けてくれるという。獰猛《どうもう》な魔獣に出会《でくわ》した際も、蔦植物が「ここはオレの出番！」とばかりに敵を絡め取ってくれるので、その隙に逃げているのだと教えてくれた。

なるほど、どうりで子供たちだけでも無事だったわけだ。

森と共に生きるエルフというのは本当にすごい。

精霊とも話せるそうで、危険な敵がいる時は前もって教えてもらっているというようなことを言っていた。そんなの、冒険者だったら喉から手が出るほどほしい能力だろうね。

それともうひとつ。ふたりが披露してくれたのが精霊魔法だ。

光属性の回復魔法もエルフが備える力のひとつで、慣れない森歩きでヘトヘトになった僕を心配して呪文を詠唱《えいしょう》してくれたんだ。

その時のかわいかったことと言ったら……！

椛《もみじ》のような手を翳《かざ》し、一生懸命〈ヒール〉を唱えてくれたっけ。思い出しただけで顔がデレッとゆるんでしまう。

回復魔法をかけてもらうのは正真正銘はじめての経験だったけど、あんなにすうっと、しかも一瞬で元気が漲《みなぎ》ってくるとは思わなかった。単純に元の体力が戻ったというより、心も身体も丸ごとリフレッシュしたかのような清々しさに包まれた。

精霊魔法には精神面の回復効果もあるから、がっつり落ちこんだ時にかけてもらうのもいいかもしれない。

……もちろん、そうならないように頑張るけど。

元気良く歩いていくふたりを後ろから見守りながら、僕も遅れないようについていく。

森の中は子供たちの方が慣れてるし、植物も守ってくれるからね。

そうして進んでいくうちに、少しずつ視界が明るくなってきた。

いよいよ森を抜けるのだ。

僕たちは立ち止まり、目の前の景色を眺めた。眼下にはくねくねとした田舎道が続き、両脇には農地が広がっている。その遙《はる》か先、ここからでもわかるほど巨大な石の壁が聳《そび》え立っているのが見えた。

「うっひゃー……………」

なんというか、とんでもなくでかい。それが見渡す限りの土地をぐるりと囲んでいる。

あれがエルデアの城塞都市、イアだろう。

しげしげと眺めていると、子供たちにズボンをきゅっと掴まれた。

「うん？　どした？」

見れば、つぶらな青い瞳が不安げに揺れている。

あっ、そうか。森を出るのだってはじめてだもんな。あんな大きな城壁なんて見たら、そりゃびっくりしちゃうよな。

「大丈夫大丈夫。怖くないぞー」

よしよしと頭を撫でてやったものの、子供たちはいつもみたいに笑うどころか、さらにぴとっとしがみついてくる。

　僕はしゃがんで目の高さを合わせると、ふたりをぎゅうっと抱き締めた。

「心配するな。悪いやつがいたらぜーんぶ僕がやっつけてやる。森ではリーとルーにたくさん助けてもらったからな。これからは僕の番だ」

「ナオ…」

「ニャオ…」

「ははは。さっきまで勇ましかったのに、ふにゃふにゃだな。どうする？　行けるか？」

「いく」

「ルーも」

「よし。それじゃ行こう」

　右手をリーと、左手をルーと、それぞれつないで一歩踏み出す。

　三人一緒に「せーの」で森を出た僕らは、口笛を吹いたり、歌を歌ったりしながら曲がりくねった道をズンズン進んだ。

　そうして近づいていくにつれて、城壁の大きさに圧倒される。

　積み上げられたベージュ色のレンガひとつひとつの大きさもさることながら、それらが醸《かも》す威圧感たるや！　ところどころの砲弾の跡も度重《たびかさ》なる砲撃から町を守り抜いた証《あかし》だ。

森の魔獣たちが群れで襲ってきたとしてもビクともしないに違いない。

逆に言うと、それだけの防御策を講じる必要があるということだ。

……やっぱあの森、危なかったんじゃないかっ。

頭の中で土下座《どげざ》しまくるおっちょこちょいのチビ天使を思い浮かべる。

でもまぁ、僕にはリーとルーがいてくれたからこうして無事に町に辿り着けたわけだし、この際結果オーライってことにしよう。

「な！」

左右の手をぎゅっと握ると、子供たちは不思議そうな顔でこちらを見上げた。

それでも、僕が笑いかけるとうれしくなったのか、ふたりは「ふふー」「へへー」とかわいらしく頬をゆるめる。

くうぅ……！　これこれ、この笑顔。もうランランも許す！

にこにこしながら検問所に並んで順番を待つ。

出入りしているのは行商人が多いようだ。門番とは顔見知りのようで、皆片手を上げて挨拶しながら通っていく。

「こんにちは」

順番が回ってきたので声をかけると、髭を蓄《たくわ》えた大柄の門番は「お？」と驚いたように僕と子供たちを交互に見た。

「見ねぇ顔だな。エルフまで連れて」

「この町で仕事をしようと思いまして」

「へぇ、そうか。兄ちゃん、あんた身分証は持ってるかい。それがありゃこのまま通してやれるが、なければ通行料を徴収《ちょうしゅう》することになってる」

「わかりました。お支払いします」

僕は言われたとおり三人分の通行料を払い、手形《てがた》をもらう。

ランランに先立つものを用意しておいてもらって助かった。

「あんた、仕事をするって言ったな。ギルドには行くのかい」

「ええ。そのつもりです」

「じゃあ、登録されたら手形と登録証を持ってもう一度ここへ来な。受け取った通行料は返す決まりだ」

「えっ、そうなんですか。それは助かります」

この先すぐに現金収入にありつけるとは限らない。少しでも節約できるなら御《おん》の字だ。

「あ、そうだ。ついでと言ってはなんですが……どこかいい宿屋をご存知ありませんか？　仕事が見つかるまで何日か泊まろうと思ってて」

「そんなら、マーケットを抜けた先にあるノワーゼルの店に行ってみな。飯屋《めしや》もやってるから食うにも困らん。……まぁ、近々畳むだろうから、それまでだが」

「畳む？　どういうことです？」

「老夫婦がふたりだけでやってる宿屋兼料理屋なんだ。跡継ぎもいないし、そろそろ店もしまわねぇとなって、前に会った時にこぼしてたからよ」

門番が寂しそうに太い眉毛をハの字に下げる。

「だからよ、まぁ良かったら行ってみてくれや。新しい客が来たらノワーゼルもよろこぶだろうから」

「わかりました。ご親切にありがとうございます。行ってみます」

ぺこりと頭を下げ、子供たちと手をつないで分厚い門を潜《くぐ》る。

そこから先は別世界だった。

行き交うたくさんの人、人、人！

誰もが中世ヨーロッパを思わせる格好をしている。よく見れば、彼らが引いている馬や荷車もその時代のもののようだ。石畳の道の両側にはレンガ造りの家々が肩を寄せ合うようにしてひしめいていた。

窓辺に飾られた赤やピンクの花からは甘い香りが漂ってくる。

そこここで陽気に歌うもの、踊りを踊るもの。楽器を演奏している男性の前には小さな帽子が置いてあり、コインが投げこまれているのが見えた。

なんてにぎやかな町だろう。

見ているだけでわくわくしてくる。

そんな活気あふれる大通りを抜け、マーケットを越えてさらに行くと、教わったとおり一軒の店が見えてきた。

『ノワーゼルの店』と書かれた古めかしい看板をぶら下げたその店は、一階部分が食堂のようだ。外には馬を休ませる厩舎《きゅうしゃ》を備え、二階は宿泊施設になっている。

「ごめんくださーい」

観音開きの木の扉を押して中へ声をかけると、すぐに「はい、ただいま」と声が返ってきた。

出てきてくれたのは老齢の女性だ。御年《おんとし》八十ほどだろうか。淡いグレーの髪がやさしい雰囲気によく似合っている。

「お食事？　それともお泊まりかしら？」

マダムは、僕の足に張りつく子供たちに目を細めながら微笑んだ。

リーもルーもずいぶん人見知りのようだ。僕の後ろから顔をそおっと出しては引っこめ、また出しては引っこめをくり返している。

森で出会った時も僕のことをしばらく警戒してたもんな。

僕はふたりの頭をそっと撫でると、マダムに向き直って頭を下げた。

「城壁の検問所で門番さんに聞いてきました。何日か滞在させてほしいんです。これから仕事探しをするもので、住むところが決まるまで連泊できたらうれしいんですが……」

「ええ、よろこんで。ちょうど冒険者のパーティが出たところだから、お部屋にも余裕がありますよ」

「良かった。助かります」

「こちらも大助かりだわ。門番というのはダーニのことね。あとでお礼に行かないと」

「おや。お客さんかね」

　マダムと話していると、厩舎の方から白髪の男性がやってきた。

　彼が店主のノワーゼルさんだろう。年のせいか腰は曲がりかけ、声も嗄《か》れているものの、表情や話し方はしっかりしている。

　僕が仕事を探しに来たと言うと、ノワーゼルさんは奥さん同様やさしい目で子供たちを見下ろした。

「ハーフエルフかの。食わせていかにゃならんというわけか」

「いえ、この子たちは僕の子供ではないんです。親を探していて……」

「おやまぁ。そりゃ、難儀《なんぎ》じゃなぁ」

　ノワーゼルさん夫妻が顔を見合わせる。

「だが、安心をし。このイアの町は、エルデアの中でも特に活気のあるいいところだよ。あんたのように若くて力もあれば、すぐにぴったりの仕事が見つかるだろうて」

「ありがとうございます。頑張ります」

胸の前で両のこぶしを握ってみせると、ノワーゼルさんたちは揃って笑った。怖々《こわごわ》と様子を窺《うかが》っていた子供たちも僕を真似してぎゅっとこぶしを握ってみせる。それがまたかわいくて、みんなで顔を見合わせて笑った。

「そうかそうか。チビたちも頑張るか。かわいいもんだの」

「ん！」

「ん！」

ノワーゼルさんが皺《しわ》だらけの手でリーとルーの頭を交互に撫でてくれる。はじめはおっかなびっくりだったふたりも、少しすると慣れたのか、自分から頭を擦り寄せていった。

「宿屋をやっていると、毎日いろんなもんに会う。冒険者に魔法使い、ギルドの連中やら商人やら……。それがわしらの楽しみでの」

「もう長いんですか」

「そうさなぁ。結婚してはじめたから、かれこれ六十年にはなるか」

「そんなに！　……あ、でも、そろそろお店を閉めるかもしれないって門番さんに聞きました」

そう言った途端、夫妻は寂しそうに目を伏せる。

「見てのとおり、そろそろ無理も利かなくなってきた。あんたのように若い頃はそりゃあがむしゃらに働いたもんだが……しかたがない。これも自然の摂理《せつり》じゃよ」

ノワーゼルさんは愛しいものを見つめるように店をふり返った。

「この店ともうすぐお別れだ。本当は建物だけでも残しておいてやりたいが……いっそ更地《さらち》にして別の誰かに売った方が後腐れがなくていいかもしれんな」

「そんな。壊しちゃうんですか」

「居抜《いぬ》きでほしがるものもそうはいまい。この店には、わしらの人生のすべてが詰まっておる。それをわかった上で継いでくれるものがあれば、よろこんで譲りたいが……」

「それなら、僕にやらせてもらえませんか！」

気がついたら言葉が出ていた。

ノワーゼルさんたちはぽかんとしている。そりゃそうだよな。会ってまだほんの五分の僕がそんなことを言い出すとは思いもよらなかったに違いない。

「すみません。びっくりさせて……。でも、ここならこの子たちの親探しにうってつけだと思って」

迷子として出会ったリーとルーだけど、落ち着いて考えれば、森に慣れているエルフが家に帰れないなんてあり得ない。親の方も行方がわからなくなっているかもしれないってランランが言っていたから、きっとお互い行方を捜しているはずだ。

それに、ランランの「逃げ延びた生き残り」って言葉も引っかかっている。

だから、ひっきりなしに人が出入りする場所を拠点にして、情報を集められればと思いついたのだ。

そう言うと、ノワーゼルさんたちは「なるほどなぁ」と頷いた。

「あんたの言いたいことはわかるが……うちは宿屋だ。それに料理屋でもある。まったく別の商売をはじめる気かね？」

「いえ。そのままそっくり引き継がせてください」

「宿屋と料理屋を？　あんたひとりでかい？」

「料理ならできますし、手が足りなくなったら誰か雇います。でも、長年たくさんの人に愛されたお店を一からはじめることは僕にはできません。どうかその資産を受け継がせてほしいんです」

ノワーゼルさん夫妻が再び顔を見合わせる。

しばらく小声で相談していたが、やがて真剣な顔で向き直った。

「話はわかった。店をそのまま継いでくれるというのもありがたい申し出だ。……だが、わしらにはわしらの矜持《きょうじ》がある。長年続けてきた店だ。譲った途端、ガクンと味が落ちたなんてことがあっちゃ常連たちに顔向けできん」

「それなら、僕の料理を食べてみてもらえませんか。味や出来映えを見て、それで決めてほしいんです」

「今から作るのかい」

「はい。キッチンをお借りして良ければ。それと、食材も」

「それは構わんが……出してやれるとしたらわしらの備蓄用の食材だ。あんまりいいもんじゃない。それでもやるかね」

「はい。ぜひ」

もうこうなったら当たって砕けろだ。

ぶんぶんと頷く僕の勢いに押されたのか、ノワーゼルさんは「そこまで言うんなら」とキッチンに案内してくれた。

マダムに食材を分けてもらい、それを調理台の上に並べる。

……といっても、塊肉に調味料、それと見たことのない野菜が少しだけ。

「これで作るとしたら、ベスティアの煮込みぐらいかしらねぇ」

「ベスティア？」

「ガートランドの森にいる低級魔獣よ。農地を荒らすから定期的に狩りが行われているの。だから、わりと手に入りやすい肉ではあるんだけど……」

いかんせん獣特有の臭みが強く、肉質自体も固くパサパサとしていて、味わいに深みがないのが難点なんだそうだ。安価で手に入りやすい食材だけに、どこの家庭でも備蓄用として保存しているものの、進んで食べたいものではないらしい。当然、店のメニューにもないそうだ。

まぁ、これだけ聞けば納得だよね。

そんな食材をメインに料理を作るだなんて、のっけからハードルの高いこと！

「でも、なんかこういうハプニングもゲームっぽいかも」

呟くと、頭の中で「ふふっ」と笑う声がした。

うん。ランラン、今日もいるね。

そんじゃ、いっちょやってやりますか。

僕は腕捲《まく》りをすると、まずは食材をひとつずつ鑑定スキルでチェックしていった。

ベスティアの肉はさっきマダムに聞いたとおり。調味料は食塩にあたるもののようだ。

タマネギに似た球根野菜はツンとした独特の香りがあるが、火を通すと甘みが出るらしい。

おそらく、刻んで肉と一緒に煮るのが一般的なんだろう。

でも、これだけじゃちょっとな……。

「あの、我儘《わがまま》を言って申し訳ないんですが、お酒も少しもらえませんか？　それと、芋もあれば五、六個」

「お酒？　ヴィヌマでいいかしら」

鑑定してみると、ワインに似た酸味のある果実酒だ。アルコール度数もそこそこある。

「ありがとうございます。バッチリです」

その他、この地方でよく食べられているジャガイモそっくりの芋ももらえた。蒸かして焼いた肉に添えることが多いそうだが、今日は鍋で一緒に煮る。

「よし。じゃあ、はじめます」

ノワーゼル夫妻、特にマダムは興味津々のようだ。「座っていてください」と伝えると、カウンターに腰かけながら子供たちの面倒を見てくれた。……ものすごく助かります。

さて。

課題は三つ。肉の臭みと固さ、そして全体的な味わい。

そこで、四つの対策を打つことにした。

まずは肉をやわらかくするために塩水に漬けこむ。いわゆるブラインニングというやつだ。

そもそも、噛んだ時に肉を固いと感じるのは、加熱によって肉から水分が抜けて筋《すじ》が縮むからだ。そこで、事前に塩水に漬け、あらかじめ肉の細胞同士の隙間をぎゅっと絞めておく。そうすることで水分が逃げづらくなり、肉のパサつきを抑えることができるというわけだ。

なんで僕がこんなことを知っているかというと、再現料理はお金がかかる趣味だから。安くて固い肉をなんとか食べられるようにと苦心した結果、この方法に辿り着いた。

これまでだったらここで二時間待たなきゃいけなかったけど、今の僕にはとっておきの方法がある。

「タイム、〈フォワード〉！」

鍋に手を翳し、時空魔法を唱えると、あっという間に鍋の中だけ二時間進んだ。

「なっ、なんじゃ、今のは！」

ノワーゼルさんが椅子を鳴らして立ち上がる。

「びっくりさせてすみません。時間を進める魔法です」

「あんた、魔法使いだったんじゃな」

「いえいえ、そこまでのものでは……」

でも、こうして使ってみると結構便利だ。一瞬で下拵《したごしら》えが終わったし。

「それは、なにをなさったの？」

今度はマダムだ。不思議そうに鍋の中を覗きこんでいる。

「肉をやわらかくしたんです。風味に欠けていたり、パサつきがちな肉にはうってつけの方法ですよ。塩水に二時間浸けるだけです」

「まぁ。そんなやり方が……」

塩水を捨て、鍋に肉と真水、それから先ほどもらった酒を入れて火にかけた。

「ヴィヌマはなぜ？」

「臭みを除くためです。ベスティアは獣の臭いが強そうなので……。それに、こうすることで旨味《うまみ》も加わります」

鍋が煮立つと案の定、猛烈にアクが浮いてきた。

それを何度も何度も丁寧に掬《すく》い、やっとのことで澄んだスープが見えてきたところで、森で採取しておいたハーブを取り出す。

こんなこともあろうかと……なーんて格好良く言ってみたいけど、本当はただの偶然。

仕事が見つかって落ち着いたら再現料理でも作ろうと思って摘んでおいたんだ。

森の中ではしょっちゅうステータスパネルを開いて、目の前に生ってる木の実や果物が食べられるかどうか鑑定していたから、ついでに使えそうなハーブ類もマジックバッグに放りこんでおいた。

「野草も入れるのねぇ」

「ええ。ローネルの根やセラディウムの葉、メントゥム草は臭みを取り除いてくれるだけでなく、香りや風味も加えてくれますからね」

ステータスパネルに書いてあったことをさも知ったふうに受け売りしつつ、ハーブを束ねてブーケガルニにするとそのまま鍋に放りこんだ。

肉がやわらかくなってきたところでタマネギもどきを丸ごと加え、せっかくなのでその葉っぱもザクザク切って一緒に入れる。少ししてから皮を剥いた芋も丸ごと加えた。

香味野菜や根菜が加わることで味に深みが出るだけでなく、栄養価自体も高くなるので一石二鳥だ。

塩で味を調《ととの》えた後は、具材がやわらかくなるまで煮込めばでき上がり。もちろん、これも時空魔法で一瞬で叶う。

うん、最高！　ものすごく便利！

ランランも、この成果を見て今頃スキップでもしているに違いない。

深皿を借りて煮込みをよそうと、スプーンとともにふたりの前に差し出した。

「どうぞ」

目の前に皿が置かれた瞬間、ノワーゼルさんが目を瞠《みは》る。

じっと皿の中を覗きこんだかと思うと、目を閉じて息を吸いこみ、その香りを思う存分堪能した。

「これは、わしらが知っているベスティアの煮込みとまるで違う」

「いい香り……。それに、とってもおいしそうよ」

マダムも目を輝かせる。

「これは、あなたの故郷のお料理なの？」

「はい。ポトフといいます。……どうぞ、召し上がってみてください。お口に合うといいんですが」

ノワーゼルさん夫妻が揃ってスプーンを口に運ぶ。

そして同時に目を丸くした。

「うまい！」

「おいしい！」

その満面の笑みといったら！

思わず胸の前でガッツポーズしてしまう。

ノワーゼルさんはスプーンが止まらないというように矢継《やつ》ぎ早《ばや》に手を動かし、マダムも目をきらきらさせながらまん丸のタマネギを切り分けた。

「スープの染みこんだお野菜、おいしいわねぇ。こんな食べ方があったなんて」

「肉もうまいぞ。わしの歯でも噛み切れる」

「臭みはありませんか？　味つけが濃かったり、薄かったりは？」

「ない！　うまい！」

「全然ないわ。ちょうどいい塩梅《あんばい》よ」

「そうですか。良かった」

ほっと胸を撫で下ろしたところで、ふと視線を感じてそちらを見ると子供たちだった。

リーとルーがもの言いたげにこちらをじぃぃぃぃっと見つめてくる。

「わかったわかった。ふたりの分もだな」

小さな皿によそってやると、ふたりは一口食べるなり「うま！」「うま！」とノワーゼルさんの真似をした。これがやりたかったらしい。

「ほっほっほっ。こりゃまたかわいらしい」

「うまま！」

「うまうま！」

ノワーゼルさんに頭を撫でてもらって子供たちはご満悦だ。

それに、とってもいい顔をする。この明るい笑顔を見ていると、なんだってできる気がしてくるんだから不思議だよね。

僕も味見用に少し皿によそって、カウンターでご相伴《しょうばん》に与《あずか》ることにした。

スプーンでスープを掬って一口。

「……あ、おいしい」

「でしょう？」

なぜかマダムの方が得意げだ。よほど気に入ってくれたのだろう。

ふたりが太鼓判を押してくれたとおり、獣の臭みはまったくない。それどころか、肉の旨味と野菜の甘みがスープに溶け合っていて最高だ。

肉はプリッとした歯ごたえでジューシーだし、ハーブの爽やかな風味も効いてる。それらを吸った野菜はくったりとやわらかく、どこか懐かしいような、ほっとする味わいだ。

ついつい手が止まらなくなり、あっという間に味見用の小皿を完食してしまった。

見れば、みんな空っぽの皿を前に満足そうな顔をしている。

「若いのに大したもんじゃ。これだけの腕があれば店は大繁盛するだろうて」

ノワーゼルさんの言葉にハッとなった。

そうだ。僕は今、審査されている最中だった。

「ノワーゼルさん。それじゃ……」

「あぁ。店はあんたに譲ろう」

「ありがとうございます！」

勢いよく立ち上がり、頭を下げる。

そんな僕を目を丸くして見上げたノワーゼルさんは、「ほっほっほっ」と笑いながら再び座るように促《うなが》した。

「まだあんたの名前を聞いておらんかったな」

「え？　あ、ほんとだ。すみません。僕はナオといいます。それから、子供たちはリートランドとルートヴィヒです」

「ナオか。いい名だ。それから、リートランドとルートヴィヒも」

「リーだよ」

「ルーだよ」

「おやおや、そうかい。そう呼ぶのがいいのかい」

ノワーゼルさんはすっかり双子にデレデレだ。

そんな主人の肩をマダムがポンと叩いた。

「ねぇあなた。せっかくだもの、ナオの作ったポトフをご近所の皆さんにも食べてもらいましょうよ」

「へっ？」

「そうじゃな。今後のこともあるし、どれ、ちょっと行って呼んでくるとするか」

「あ、あの……ノワーゼルさん……！」

なんだか思いがけないことになってきた。

止める間もなく出ていったノワーゼルさんは、すぐにご近所さんと思しき人たちを大勢連れて帰ってきた。

「あわわわ……」

店はたちまち人であふれる。まるで新装開店の予行演習だ。

ノワーゼルさんに言われるがまま残りのポトフをよそって出すと、誰もが「うまい！」「絶品だ！」と声を上げた。

「すげぇな、兄ちゃん！　これあんたが作ったのか」

「また明日も食わせてくれよ。毎日だって俺ぁ通うぜ」

「ノワーゼルのじいさんもすげぇ跡継ぎを見つけたもんだ」

「店はいつからだ。一日も早く開けてくれよな。そのためだったら手を貸すぜ」

「ありがとうございます。心強いです」

カウンターで囲まれているところへ、ノワーゼルさんがひとりの男性を連れてくる。

焦げ茶色の巻き毛が似合う、長身で人懐っこそうな人だ。

「うちにパンを卸《おろ》してくれているハンスじゃ。顔が広いから頼りにするといい」

「はじめまして、ハンスさん。ナオといいます」

右手を差し出すと、ハンスさんはすぐに力いっぱい握り返してくれた。

「おう。この店継ぐんだって？　こっちこそよろしくな。仲良くやろうぜ、兄弟」

毎日パンを捏《こ》ねているからか、その握力たるや！　離した後もまだ手がジンジンする。

「それにしても、おまえすげぇな。こんなうまいモン食ったことないぞ」

「そんな……褒めすぎですよ」

「安心しろって。俺は本当のことしか言わないし、おべっかも使わねぇよ。……それより
このスープ、えーと、なんつったかな……」

「ポトフです」

「そうそう。ポトフ。これ、パンに合うんじゃねぇかと思ってさ。うちのパンはこれでも
素材にこだわって作ってんだ。なんたってディンケル小麦を使ってるからな」

なんでも、ディンケル小麦というのはとても高価なものなんだそうだ。

栄養が豊富で、焼き上がった時の香りもうっとりするほど良いのだとか。

……でも、ディンケル小麦って?

僕は、ハンスさんが他の人たちと話をするのを横目にこっそりステータスパネルを開き、ディンケル小麦を検索する。対象物が目の前になくてもこうして資料集みたいに使えるのは助かるよね。

えーと、なになに。

ディンケル小麦の価格は、普通の小麦の約三倍……うわ、エグいな。

でもその分、ビタミンやミネラルの宝庫だ。食物繊維も豊富で、人間が必要とするありとあらゆる栄養素が含まれている。うーん、こうなると三倍の価値はあるのかも。

ちなみに、小麦そのものを茹でてお粥《かゆ》にすることもあるらしい。

へぇ。小麦のお粥なんてはじめて聞いた。風邪をひいて寝こんだ時なんかに良さそうだ。子供たちが急に熱を出すことだってあるかもしれないし、覚えておこう。

ふむふむと解説を読んでいると、後ろからポンと肩を叩かれた。

「ねぇ、あんたがこのスープを作った人かい?」

ふり返れば、オレンジのスカーフを巻いた女性がにこにこしながら立っている。

ふっくらしていて、「肝っ玉母さん」と呼ぶのがぴったりな感じの人だ。

「あんた天才だね。これ最高だったよ。あたしはアンナ。向かいで酒屋をやってるから、これからもよろしくね」

「こちらこそ。僕はナオといいます。どうぞよろしく」

「ナオ。アンナはこの町一番の情報通じゃ。頼りにするといい」

ノワーゼルさんの言葉にアンナさんは朗らかに笑う。

「みんな酒代代わりに噂話を持ってくるのさ。特にヴィヌマの樽を開ける季節になると、そりゃあもう大にぎわい」

「へぇ。ヴィヌマならさっきのポトフにも使わせてもらいました。アンナさんのところで作ってるんですね」

「スープにお酒を入れたのかい？　変わったことを思いつくもんだ」

意外そうに首を傾げられ、僕の方が驚いてしまった。

こちらではまだメジャーな方法ではないようだ。確かにマダムにも訊かれたもんな。

「まぁでも、おいしく腹に収めてもらえるんならそれがなにより。作りがいがあるってもんだ。今年もいいのを仕込んでるからね。楽しみにしておいで」

ヴィヌマにはワイン同様赤と白があり、毎年新酒の解禁日ともなると大の大人がそわそわ落ち着かなくなるのだそうだ。

「お金持ちから貧乏人まで樽の前に集まるんだ。そんな時は思うんだよ。神様からの贈りものの前では人はみーんな平等なんだって。……まぁ、ただの酔っ払いになるだけなんだけど」

アンナさんは明るく笑い飛ばした後、安心させるように僕に向かってにっこり笑った。

「いろんな人間を見てきたよ。この町の連中には詳しいつもりだ。困ったことがあったらなんでも言いな」

「ありがとうございます、アンナさん。……それじゃあの、さっそくなんですが…、実はこの子たちの親を探しているんです」

後ろに張りついていた子供たちを手で示す。

またもハイパー人見知りを発揮して、どやどやと人が入ってくるなり脱兎《だつと》の勢いでカウンターの内側に隠れていたのだ。

「驚いた。あんたの子じゃないのかい」

「森で迷子になっていたんです。エルフなのに不思議でしょう？　放っておけなくて連れてきましたが、なにか手がかりが見つかればと……」

アンナさんとハンスさんが顔を見合わせる。

「わかった。あたしは知り合いとか、店に立ち寄る客に聞いてみるよ」

「俺もだ。卸《おろし》先にも訊ねてみよう」

「助かります。ありがとうございます。……リー、ルー、ふたりにお礼を言おう」

子供たちと目の高さを合わせるためにしゃがみこむ。

「アンナさん、ハンスさん、ありがとうございますって」

リーとルーは上目遣いにふたりを見上げ、もじもじと躊躇《ためら》った後、蚊の鳴くような声で呟いた。

「……ありあと、ます」

「……ます」

あああ、さっきまでの元気はどこ行ったんだ～。

思わず脱力した僕の背中にふたり揃ってぺたりと張りつく。こうなったが最後、しばらくはフジツボのように離れない。

それを見たハンスさんたちはまたも明るい声で笑った。

「ははは。かわいいもんだな」

「すみません。きちんとお礼が言えるようにしておきますから」

「うちの子だってこうだったさ。行儀を教えるのは難しいもんだ」

「心配すんな。アンナにお尻ペンペンされそうになったら俺が助けてやる」

「なんだって。だったら今からハンスのお尻を真っ赤にしてやろうか」

「こちとら毎日パン作りで身体鍛えてんだ。おまえの手なんて弾き返してやらぁ」

「酒屋の腕力舐めんじゃないよ。あんたなんか抱えて樽に投げ落としてやるわ」

「そいつはいいや。俺だけヴィヌマが飲み放題だ」

息つく間もないやり取りに、見ていた客がいっせいに噴き出す。

見れば、ハンスさんとアンナさん本人まで大笑いしてるじゃないか。ここではこれが日常のようだ。はじめはぽかんとしていた僕も、ついつい つられて笑ってしまった。

「ナオ。これが、これからのあんたのご近所連中じゃ。仲良くやれそうかね？」

やさしく目を細めるノワーゼルさんに大きく頷く。

「はい。とっても」

「そうか。それは良かった」

「僕も、ノワーゼルさんたちに出会えて本当に良かったです」

「それはわしの言葉でもある。この店を頼んだぞ」

「はい。精いっぱい頑張ります！」

ノワーゼルさん夫妻、ハンスさんにアンナさん。それに、声をかけてくれたひとりひとりの顔を見回しながら僕は高らかに宣言した。

皆が拍手で応えてくれるのがうれしくて、胸がいっぱいになってしまう。

森で目覚め、子供たちと出会い、やっとのことで辿り着いた町。

こんなにすぐ仕事が決まるとは思ってもみなかったけれど、これもきっと運命だ。

これからは宿屋兼料理屋の主人として、そしてリーとルーの親代わりとして、一生懸命頑張っていかなければ。

子供たちのぬくもりを感じながら僕は心に誓うのだった。

その後、僕は土地と店舗一式の代金を支払って、正式に店を譲り受けた。

すべてをそのままの形で引き継ぐものかと思いきや、「新しい店主はナオなんだから」と新しい店名をつけるよう言われた。外装も内装も好きに変えてしまっていいそうだ。

でも、それじゃノワーゼルさんたちの大切な思い出が消えてしまうみたいで寂しいじゃないか。だから見た目はできるだけ今のまま残すことにして、名前だけ変えさせてもらうことにした。

ついでに服装もこの国の人たちが着ているようなものに一新した。せっかく定住するんだし、その方がエルデアの一員になった気がするから。

僕は生成りのシャツに茶色のパンツ、それに緑色のベスト。子供たちも同じく生成りのシャツに、リーは青、ルーは緑の半ズボンだ。ふたりとも気に入ってくれて良かった。

かくして今は、ああでもない、こうでもないと素敵な店名を考え中。

店を継ぐと決まってから実際に譲り受けるまでの一週間は、引き継ぎ期間と称していろいろなことを教わった。

経営についてだけでなく、この国の伝統料理や常連客のこと、マーケットの顔馴染みについてなど数え上げたらキリがない。その間は宿泊客としてではなく見習いとして、タダで二階に泊めてもらった。

何度もお金を払うと言ったのに、ノワーゼルさんが頑《がん》として受け取らなかったのだ。

それだけ、跡継ぎができたことがうれしいんだろう。

だから僕も期待に応えるべく、一生懸命仕事を覚えるとともに、感謝をこめてノワーゼルさん夫妻を送り出した。

店を卒業したノワーゼルさんたちは近所に住む娘さん夫婦の家に移ることになり、ご近所総出で引っ越しを手伝った。

最後の日、娘さん夫婦も招いてお別れパーティをしたことが忘れられない。もちろん、メインはベスティアのポトフだ。

店を去ることは寂しいだろうに、それでもノワーゼルさんたちは「これからは、ナオのポトフを食べに来るのが楽しみだ」と笑った。新しい家はここから歩いて二十分のところだから、これからも時々店に顔を出すと言ってくれたので、僕も「最高の料理を用意して待ってます」と約束した。

そんな、にぎやかな晩餐《ばんさん》から一夜明け――。

「……う、ん……」

鳥の囀《さえず》りで目が覚める。

思いきり伸びをしかけ……とんでもない格好で眠っている子供たちにギョッとなった。

リーは枕から一八〇度回転してるし、ルーなんてベッドから落っこちそうじゃないか。

「ひえぇ……どうなってんだこれ」

慌ててルーを引っ張り上げ、リーの頭を枕に戻した。

これが毎朝の恒例行事だ。

森では毎晩一緒に寝ていたこともあってか、ふたりは別々のベッドで眠るのを嫌がり、いつも僕の寝床に潜りこんでくる。おかげで寝返りを打つのもヒヤヒヤだ。

だけど、夜中にふと目が覚めた時、自分より体温の高い子供がすうすうと寝息を立てているのを見ると、言葉にならないほどしあわせな気持ちになる。

父性が目覚めつつあるのかも……？

でも、そんなふうにしみじみできる時間は少ない。

「リー、おきた！」

「ルーもおきた！」

「はい、おはよう……って、こら待て！　ふたりとも！」

パチリと目が開いた瞬間、やんちゃなちびっ子たちは着替えもそこそこに「きゃー」と歓声を上げてベッドを飛び降りる。

部屋の中を駆け回るくらいならかわいいもので、たいていはそのままトテテテと階段を駆け下り、追いかけっこをしたり、鬼ごっこをしたりと大運動会がはじまるのだ。

当然、僕はその後ろを着替えを持って追いかけ回すことになる。

たかが三歳児、されど三歳児。

その体力は怖ろしいほど無尽蔵だ。僕があまりにへたばるので、心配して〈ヒール〉をかけてくれそうになったこともあった。

子供たちは、森にないもののすべてが珍しくてしかたないらしい。大きな家に住むというのもはじめてのことだろう。

それはわかるんだけど、朝ごはんは食べてくれ～。

最近では、都合の悪いことは聞こえないふりをすることも覚えたギャングたちだ。

まぁ、でもそういう時にはこの手があるんだよね。

「今日、お出かけしようかなぁ」

わざとらしく呟いた瞬間、ふたりの背が、ピン！　と伸びる。そしてすぐさまこちらに駆け寄ってきた。

「ナオ。おでかけするの！」

「どこいくの！　ルーもいく！」

「リーもいく！」

「朝ごはんを食べたらお出かけするぞ。今日はマーケットに行くんだ」

「まーけっとって？」

「はじめてこの町に来た時に通ったろう？　人がいっぱいいる広場だよ」

「ほわぁ……」

ふたりの青い瞳がきらきらと輝く。まるで太陽に輝く湖面のようだ。

「いくー！　いっしょにいく！」

「よーし。それじゃ、パパッとごはん食べちゃおうな」

やれやれ。朝ごはんモードにするだけでも一仕事だ。

勇んでテーブルについたふたりにパン粥と果物を摂らせると、僕たちは身支度を調えて店を出た。

まぁ、店っていっても、営業自体はまだなんだけど。

建物に少し傷んでいるところがあったので、先に修繕しておきたかったんだ。この件はノワーゼルさんが馴染みの大工さんにつないでくれたから、あとは工事を待つばかり。

その間に店の名前を決めて、看板も発注しなければ。

好評だったポトフをメインで出すならスープ皿の数をもっと増やしておきたいし、そのための匙《さじ》もいる。

なにより、食材の仕入れ先を見極《みきわ》めることが一番大事だ。

ノワーゼルさんから紹介してもらったところ以外にも、料理によっては新しく開拓する必要がある。だから、まずは自分の目で見て回りたいと思っていたのだ。

店からマーケットまでは歩いてほんの五分ほど。

青空市場はあいかわらずにぎやかだ。

山盛りの野菜や果物、蜂蜜にジャム、チーズにミルク……それらが積み上げられたテントはどこも陽気な客引きや笑い声であふれている。

「すごいな。なんでもある。……っていうか、見たことないものばっかりある」

真っ赤なトゲトゲのついたボール状の野菜、恐竜の卵を思わせる白と緑の斑《まだら》模様の豆、ピンク色のキノコなど、思わず二度見してしまうものばかりだ。

「お兄さん、見てって。新鮮でおいしいよ」

キョロキョロしていると、売り場の女性に声をかけられた。

彼女の前には赤やオレンジ、それに黄色のパプリカらしきものが積み上がっている。

「これ、なんです？」

「ベルーナだよ。炭火でじっくり焼くと甘さが増しておいしいよ」

「へぇ。ちょっと待っててくださいね。……ステータス、〈オープン〉！」

人前であまり大々的にやるのもなんなので、手元でこっそりステータスパネルを開いて確認したところによると、イアではポピュラーな野菜のようだ。

肉厚でジューシーな実が特徴で、爽やかな甘みがあり、子供でも食べやすいとのこと。

それに栄養も豊富らしい。

おっ、これはいいかも！

思いがけないヒットに拳を握る。

森にいた頃はそんなそぶりもなかったのに、住む場所が決まって安心したせいか、子供たちは揃って好き嫌いを言うようになった。特に、野菜があまり得意ではないらしい。

……エルフなのに？

その言葉をもう何度飲みこんだだろう。

とにかく僕には、店で出すメニューを考える他に、あの手この手でふたりに野菜を食べさせるというミッションも与えられたようだ。

毎朝のお着替え追いかけっこといい、ごはんを食べさせる大変さといい、世のお父さんお母さんの苦労がほんの少しだけわかった気がする。

でも結局、子供たちの笑顔に全部吹っ飛ばされちゃうんだけどね。

僕の視線に気づいたのか、ふたりは揃ってこちらを見上げ、にぱっと笑った。

……この破壊力っ……！

「よし。お昼はこれを使って、お野菜パンケーキを作ろう」

「え！　なになに！」

「パンケーキ、するの！」

「うん。とびっきりのパンケーキにしよう。じゃあ、ベルーナ食べたい人ー？」

「はーいはーい！」

「ルーもたべる！　ルーも！　ルーもだよ！」

両腕で腰に抱きつき、ぴょんぴょんと飛び跳ねるふたりに苦笑しながら代金を支払う。

ステータスパネルを開けっぱなしにしていたところ、ランランにもらった現金の残高がチャリンチャリンと減っていくのが見えた。なるほど、お金の出入りもここで確認できるわけか。銀行の通帳みたいで便利だなぁ。

そういえば、パネルにはいくつかタブがある。

これまで目の前のものを調べたり、資料集みたいにしか使ったことがなかったけれど、もしかしてこれってもっといろんなことがわかるんじゃない？

思いついて一番左のタブを開くと、自分のステータス値が更新されていた。何度も鑑定スキルを使ったことでスキル自体が上がっている。それから料理スキルも上がっていた。

経験を積むことで上昇するのはゲーム世界の仕様と同じだ。

せっかくだし、子育てスキルもあるといいのにね。

……でも、スキル0《ゼロ》って出たらさすがにヘコむかも。

うれしそうにパンケーキの歌を歌う子供たちを見下ろしながら、僕はそっとステータスパネルを閉じた。人間、知らなくていいこともあるんだ。うん。

無理矢理自分を納得させつつ、それ以外にも卵やバター、色鮮やかな野菜類をいくつか入手して店に戻る。

買ってきたものを調理台の上に並べていると、手洗いを終えたリーとルーがすかさず駆け寄ってきた。

「ナオ、パンケーキ、つくるの？」

「うん。作るよ。そこで見てる？」

「ん！」

「ルーも！」

ふたりは対面式カウンターの椅子によじ登る。

最初のうちこそ手を貸してやっていたが、コツを覚えたのか、今ではすっかり慣れたものだ。カウンターの上で頬杖をつき、にこにこしているふたりを見ながら料理をするのが今の僕の一番の楽しみ。

「ふふふ」

思わず笑みがこぼれる。

それを見たリーとルーも「うふふ」と真似をしながら小首を傾げた。

しあわせという言葉があるなら、まさに今この瞬間なんじゃないかと思う。

「よーし。とっておきのおいしいパンケーキ、作るぞー」

「つくるぞー！」

「おー！」

かわいらしい応援団に笑み返しつつ、僕はさっそく仕度《したく》にかかった。

まずは、鳥の卵を黄身と白身に分ける。

ディンケル小麦を挽《ひ》いて粉にしたものに卵黄とミルクを入れてよく混ぜ、森で採取した香りのいいハーブと塩胡椒《しおこしょう》を加えてさらに混ぜる。

次に、卵白を泡立ててメレンゲ状にし、先ほどのボウルに加える。この時、できるだけさっくり混ぜ合わせるのがコツだ。

タネができたらフライパンにバターを落とし、生地を薄く伸ばして焼く。

どちらかというと少し厚めのクレープみたいなものだ。焼けた生地をポーンと飛ばしてひっくり返すと、ふたりから「わー！」「とんだ！」と歓声が上がった。

よしよし。摑みはオッケーだな。

大はしゃぎする子供たちを見ているうちに自然と頬がゆるむ。

野菜を好きになってほしい思いもあるけれど、まずは興味を持ってもらえればと渾身《こんしん》のパフォーマンスを披露《ひろう》してみた次第だ。

焼けた生地を皿に取り出し、フライパンにバターを足す。

ここで登場するのがさっき買ったベルーナだ。せっかくなので、赤、オレンジ、黄色と全部の色を揃えてみた。それからニンジンやズッキーニに似た野菜など、大きさを揃えて細切りにし、強火でザッと炒《いた》め合わせる。塩胡椒で味を調えれば準備完了。

ソテーした野菜をパンケーキの上に載せ、ハーブを加えた無糖ヨーグルトをソースとしてかければ完成だ。

「かわいい！」

それを見た子供たちは揃って目を輝かせた。

「いろんな、いろがある」

「きらきらしてる。それに、いいによい」

「それを言うなら『匂い』な。でも、料理の場合は『香り』の方がベターかも」

「べたー？」

「バターのこと？」

「うーん。違う……けど、まぁいいか。それよりふたりとも、自分でトッピングしてみたくない？」

「やる！　ルーやる！」

「リーもやりたい！」

「よーし。そうこなくっちゃ」

ふたりに火を使わせるのはまだ難しいので、パンケーキ自体は僕が焼く。「これはリーのだよ」「こっちはルーのだよ」と言いながら先ほどより二回り小さいサイズのパンケーキを焼いてやると、ふたりは興味津々でじーっとフライパンを覗きこんだ。

この勢いで食べてくれるといいんだけど……。

そんなことを思いながらふたりの前にそれぞれ薄いパンケーキの載った皿を出す。野菜ソテーを盛った大皿と、ヨーグルトソースの小鉢も一緒だ。

「野菜は食べられる分だけ取るんだぞ。それから、ソースもはじめは控えめに……って、あ～～～聞いてないな、こりゃ」

思わず噴き出してしまった。

リーもルーも夢中になってパンケーキの上に野菜タワーを築いている。いつもは野菜と知っただけで逃げ腰になるくせに、まるで別人じゃないか。

「よしよし。いいぞ。それじゃ、こんなふうにくるくる巻いて」

先ほどのパンケーキをクレープの要領で巻いてみせる。

本当はガレットのようにナイフとフォークを使って食べるものなんだけど、子供たちにはまだ難しいだろうから手摑みだ。

「ルー、まきまきした」

「ルーじょうず。リーは、あんまりうまくできない……」

「大丈夫だよ。リーのも上手だよ」

少しだけ手伝ってやって、三人分のカラフル野菜パンケーキができ上がった。

「じゃあ、いただきますしよう」

「いただきまーす！」

「まーす！」

揃って齧りついたパンケーキは、ディンケル小麦の香ばしさやハーブの清涼感、それに野菜の甘さやバターの風味が相まってとてもおいしい。もっちりした生地といい、シャキシャキ、ジューシーな野菜ソテーといい、最高だ。

「うまうま！」

リーがバタバタと足を動かしてよろこびを表現する。

ルーも椅子の上で伸び上がっては「うまー！」と笑った。

「気に入ってくれて良かった。これで野菜もいっぱい食べられるな」

「ん！」

口の端にはみ出たソースを手で拭ってやると、リーがうれしそうににこにこ笑う。

それをうらやましがったルーもさっそく顔を突き出してきたので、なにもついていないほっぺたをちょんちょんと指でつついてやった。

「もう一枚食べたかったらお代わりもあるぞ。食べる人ー？」

「はーいはーい！」

口の中にパンケーキを詰めこんだままふたりがいっせいに手を上げる。

ほんとよく食べるなぁ。

でも、顔や手をベタベタにしながら一心に食べてる姿は本当にかわいい。自分が作ったものをよろこんでくれるならなおさらだ。

「よーし。頑張って、またおいしいもの作るぞ」

「おー！」

「おー！」

応援団が無邪気に笑う。

かわいらしい声に背中を押されながら、僕は好き嫌い克服《こくふく》作戦の成功にガッツポーズをするのだった。

3．異世界レストラン、開店です

イアで仕事を始めるにあたり、三人でギルドに行くことにした。

最近は毎日のように出かけているから、「お出かけしようかなぁ」作戦をしなくてもすんなり朝ごはんを食べてくれるようになったリーとルーだ。

成長したなー！

たったそれだけのことでも大きな一歩だ。

うれしくなってふんふんと鼻歌を歌うと、ふたりはすぐにそれを覚えて一緒に歌った。サービスでデタラメな歌詞もつけてくれる。

「ナオーのパンツはいいパンツー」

「すごいぞー」

「すごいぞー」

「こら！」

なんちゅう歌を歌うんだ。

おかげで、子供たちを両脇に抱えて通りを猛ダッシュする羽目になった。

ふたりは楽しそうにきゃっきゃっとはしゃいでいる。僕が新しい遊びでも思いついたと思ってるんだろう。

こんな体力勝負の遊び、何度もできないからね……！

そう言って聞かせようと思っていたのに、地面に下ろした途端、ぴゅーっと走っていくリーとルーの背中に思わず天を仰《あお》いだ。

……いくらなんでもあんまりじゃない？

とはいえそのまま放っておくわけにはいかないので、僕はゼェゼェと息を切らせながらすばしっこいふたりを追いかけた。

ギルドまでの行き方は、昨日アンナさんに教わったとおりだ。

店を出て、マーケットとは反対の方に少し行くと大きな広場に出る。そこで一番立派な建物がイアのギルド協会なのだそうだ。

子供たちも僕らが話すのを聞いていたから、それで自信満々に駆けていったのだろう。

行く先々で見知った顔がふたりに笑いかけたり、手をふったりしてくれている。毎日のように訪れているマーケットで馴染みになった人たちだ。ご近所づき合いの延長のようなもので彼らの存在は本当に心強い。

「それはそれとして……ふたりとも、そろそろ止まって……」

ようやくのことで追いつく頃には僕の方がヨロヨロだ。

肩で息をするのを見て、ふたりはこっそり〈ヒール〉をかけてくれた。

「ナオ、だいじょうぶ？」

「ニャオ、ハーハーとまった？」

「うん、ありがとう。おかげで元気になったよ。……でもこれからは、僕がいいって言う時しか魔法は使っちゃダメだぞ」

「どうして？」

「この国にどれくらい魔法が浸透してるのか、まだよくわからないからな。ノワーゼルさんも驚いてただろ？」

「おじいちゃん、びっくりしてた」

「そう。だからみんなをびっくりさせないように、そーっと。な？」

「ん！」

「よーし。いいこ」

リーの頭を撫でると、すかさず「ぼくもして！」とルーが頭を擦りつけてくる。ルーも同じように撫でてやり、あらためてふたりを伴《ともな》ってギルド協会の前に立った。

この辺りでは頭ひとつ飛び出る三階建ての建物だ。アンナさんが「一番立派」と言った意味がよくわかる。

登録は一階の受付でやってもらうそうなので、思いきって木製のドアを押し開けた。

「わっ。結構混んでるな……」

僕と似たような背格好の人もいれば、きらびやかに着飾った錬金術師《れんきんじゅつし》のような人もいる。大きな剣を提げていたり、厳重な装備で固めているのは冒険者たちだろうか。中には革の鎧《よろい》を纏《まと》っている人もいた。

そんな人たちの向こうには、壁にずらりと紙が貼り出してある。ゲームで見たのと同じ光景だ。魔物退治や護衛募集などの依頼票に違いない。

どんなものが出ているのか気になったけれど、まずは用事を済ませてしまわなければ。

「こんにちは」

受付で声をかけると、書きものをしていた女性が顔を上げた。

淡いヘーゼル色の瞳が美しい、人懐っこそうな感じの人だ。

「こんにちは。登録ですか？」

「はい。新しく商売をはじめるので、商人ギルドに登録したくて」

「それじゃ、こちらの申請書に記入してくださいね。後ろにいるのはあなたの弟さん？」

「え？　あ……」

子供たちはまたしてもスーパー人見知りを発揮したようだ。「ぼくたちは貝になります」とばかりに僕のズボンにしがみついている。

「すみません。ちょっと人見知りが激しくって……。ちなみに、僕の弟じゃありません。面倒は見てますが」

「あら。兄弟じゃないんですか」

「親が見つかるまで保護してるって感じです。迷子でして」

少し考えるような間があった後、女性は「あ！」と手を叩いた。

「アンナが言ってたのってあなたね。今度ノワーゼルさんのお店を継ぐっていう」

「はい。ナオといいます。この子たちはリーとルー」

へばりついていた子供たちをなんとか前に押し出す。

はじめのうちこそソワソワとこちらを見上げていたふたりだったが、女性が手をふってくれたことで安心したのか、おずおずとはにかみ笑った。

「まぁ、かわいい。私はウルスラよ。はじめまして、リーちゃん。ルーちゃん」

「リー、おとこのこだよ」

「ルーも、おとこのこだよ」

「あら。気を悪くさせたらごめんなさいね。かわいいっていうのは、とっても素敵ねって意味よ」

褒められたのだとわかった途端、ふたりは揃って「ほわー」と口を開ける。もじもじと身体をくねらせ、照れくさそうにした後で、おずおずとウルスラさんを見上げた。

「ウルスラちゃんも、かわいい」

「うふふ。ありがとう」

「ナオちゃんも、かわいいよ」

「え？　僕まで？」

思いがけないサービスについ噴き出すと、それを見たウルスラさんも、そして子供たちも一緒になって笑った。

「仲がいいんですね。そうしていると本物の兄弟みたい」

「毎日追いかけっこでヘトヘトですよ。楽しいですけどね。でも、早くお父さんとお母さんが見つかるといいなって」

「本当ね。ここにはいろんな人が来るし、わたしも気にかけておきますね」

「ありがとうございます。助かります」

ウルスラさんが子供たちの相手をしてくれている間に、ギルド登録申請書の必要事項を埋めていく。名前や職種、スキルなんかを書くようだ。

名前はナオ。名字は名乗る機会もないし、書かなくても問題ないだろう。

職種は商人。そこに『宿屋兼料理屋』とつけ加えた。

スキルは……うーん、どうしようかな。時空魔法や鑑定スキルも持っているから、魔法使いとして登録することもできるけれど、あまり大事《おおごと》にならないように伏せておいた方がいいかもしれない。

それから、子供たちのこともだ。

いずれ森に帰るなら、下手に人間社会で個人情報を登録しない方がいいんじゃないかと前々から考えていた。だからリーとルーはぼくの扶養《ふよう》家族として情報をぶら下げてもらうことにしよう。

申請書を出すと、今度はウルスラさんが手元のパネルを操作しはじめた。

よく見ればステータスパネルのようだ。ということは、イアの中では鑑定スキル程度は一般的なのかもしれない。

へぇ〜〜〜……って、それ、マズイじゃん！　僕、バレるじゃん！

「……ナオさん」

案の定、申請書とパネルを交互に見ていたウルスラさんが低い声で僕を呼んだ。

「わたしに隠してること、ありますねぇ？」

「ひえっ」

「これ、ついでに登録しましょうか」

指されたパネルにはバッチリ『時空魔法』『収納魔法』と表示されている。

「で、でも、魔法使いってすごくマイナーなんじゃないですか？　ノワーゼルさんの目の前で時空魔法を使って驚かせてしまったことがあるんです。だから、あまりおおっぴらにしない方がいいんじゃないかと思ったんですけど……」

話を聞いたウルスラさんが、ふむ、と頷いた。

「確かに頻繁《ひんぱん》に見るものではないですけど、そこまで隠す必要もないですよ。実際、魔法使いとして登録している方は何人もいますし。むしろ、どこに行っても重宝《ちょうほう》されるので、登録しておいた方が断然お得です」

「へぇ。そうなんですか」

「もちろん。それに、わたしも助かりますし」

「え？」

それはどういう意味だろう？

不思議に思っていると、ウルスラさんがにこにこしながら名刺のようなものを一枚カウンターに置いた。

「はい。これがナオさんのカードです」

なぜか尖った針も差し出される。

「魔力を記録しますので、血を一滴垂らしてください」

「えええ」

「頑張って。ナオさんを魔法使いとして登録して、そこに子供たちをぶら下げれば、ふたりはギルド登録せずに済むんですから」

あ……やっぱりそっちもお見通しでしたか……。

ウルスラさんも迷子のエルフたちを登録するのは躊躇《ためら》われるんだろう。お目こぼしして
もらうには、やはり僕がやるしかないらしい。

針を手に取ると、子供たちがギョッとしたように僕の足にしがみついた。

「ナオ、いたいのだめ！」

「けがしちゃう！」

「心配してくれてありがとう。でも、必要な手続きなんだ。僕なら大丈夫だから」

……と、無駄に格好つけてしまった手前、ますます頑張らなくてはいけなくなる。

思いきって指先に針を刺し、あふれてきた血をカードに落とすと、それはジュッと音を
立てて中に吸いこまれていった。

「ナオのおてて、なおす」

「〈ヒール〉！」

すぐさま子供たちが傷口を塞いでくれる。

今日は助けてもらってばっかりだなぁ。

ふたりの頭をよしよしと撫でていると、ウルスラさんがカードを渡してくれた。

「これで登録完了です。ギルドカードは身分証でもあるので、なくさないようにしてくだ
さいね。……それと」

なぜか思わせぶりに微笑まれる。

「魔法使いのナオさんには、定期的に採取《さいしゅ》依頼を受けていただきますね。登録した直後は一番下のランクなので、森の周辺に生えている野草や魔草がメインです。それを半月に一度クリアすることで登録が維持できるシステムなので、忘れないでくださいねっ」

「なんか、やけにうれしそうですね」

「だって、採取はあまりやってくれる人がいないんですよ。魔物討伐《とうばつ》とか護衛とか、高額報酬の依頼に人気が集まっちゃって」

おかげで依頼を出す薬屋や錬金術師たちからブーブー言われているのだそうだ。

「依頼を出す方は、自分では行かないんですか？」

「森には魔獣が出ますから……。普通の人間ではとても太刀打ちできないんです。運良く出会さずに済んだとしても怖ろしい野獣もたくさんいますし、最近では低級魔獣さえ森を出て農地を荒らすこともあるんです」

「あ、それってベスティアのことですよね」

「よくご存知ですね」

「ええ。この町に来てすぐ、ベスティアの煮込みを作らせてもらったことがあるんです。それがきっかけでノワーゼルさんにお店を譲ってもらえることになって」

「……………嘘でしょう？」

ウルスラさんが顔を顰《しか》めた。

さっきまでの笑顔なんてどこへやら、とても信じられないという顔だ。

「ベスティアって……あのベスティアですよね？　わたし、あれだけはどうしてもダメなんです。だってとても、その……臭いが強いし、それに固いし……」

「そうみたいですね。それについて、アンナさんがなにか言ってませんでした？」

悪戯《いたずら》っぽく訊ねると、ウルスラさんは首を傾《かし》げて考えた後、パッと身を乗り出した。

「言ってました！　とってもおいしかったって！　なんでしたっけ、別のお料理の名前を言っていた気が……」

「ポトフですか？」

「そう！　ポトフ。アンナのお酒を使ってるって聞いてわたしもびっくりしたんです」

いやー、さすが情報屋のアンナさん。まさかギルド職員さんにここまでインプットしておいてくれるとは。

「そのポトフはお店で出さないんですか？」

「もちろん出しますよ。オープンしたらぜひ食べに来てください」

「よろこんで。……ふふふ。今日はいい日です。魔法使いの登録を増やせたし、ポトフを作ったご本人とも話せたし。それに、こんなかわいい双子ちゃんにも会えたものね」

「ね！」

「ねー！」

手をふってもらって子供たちはご機嫌だ。かわいいお姉さんが相手だからか、いつもとちょっと違う顔をする。

まったく、わかりやすいんだから……。

内心苦笑しながら僕はマジックバッグを開いた。作ってもらったばかりのギルドカードをなくさないように入れておかないと。

なにげなく中を見た時、ふと、さっきのウルスラさんの言葉が蘇《よみがえ》った。

「あの、採取って、たとえばどんなのが人気なんです？」

「そうですねぇ。ローネルの根とか、セラディウムの葉、メントゥム草……魔草だとクレベントやマイヨネールあたりでしょうか」

「あ、そんな感じでいいんですね。だったら……」

僕はバッグの中に手を突っこむ。

今日は良くしてもらったし、これから先も子供たちのことでなにかと協力をお願いすることもあるだろう。だからそのお礼というわけではないけれど、こちらからできることがあるならと、ストックしておいた野草をいくつか取り出した。

「このあたり、どうぞ」

「えっ？　ええっ、こんなに？」

カウンターの上にこんもりと積み上げると、ウルスラさんはまたも目を丸くした。

……あ、さすがにちょっと多かったかな。

でも、森に行けば手に入るものだし、草魔法や精霊魔法を使える子供たちが一緒にいてくれれば獣に襲われる心配もないから、僕にしてみれば取り放題なのだ。

ウルスラさんは大慌てで掲示板に貼ってあった依頼票の中からいくつか該当するものを毟《むし》り取ってくると、僕が差し出した野草と照合をはじめる。

どうやら依頼内容は満たせたようで、「全部ＯＫ」の声に、他のカウンターに座っていた職員さんからもいっせいに拍手が起こった。

うわっ。なんだなんだ。

圧倒されている間に野草や魔草は高値で買い上げられ、ギルドカードの登録内容が更新される。あれよあれよという間にランクアップまでしたらしく、上機嫌なウルスラさんに「次もよろしくお願いしますね～！」とお見送りされてしまった。

背後でパタンとドアが閉まり、ようやくのことで我に返る。

「なんか、すごいことになったな……」

しれっと登録するはずが、ずいぶん思いがけないことになった。

でもまぁ、結果オーライってやつかな。

これで魔法を使うことに躊躇《ちゅうちょ》がなくなったし、子供たちの正体を隠す必要もなくなった。

情報も集めやすくなったし、顔をつないでおくに越したことはない。

「よーし。任務完了！　それじゃ帰るかー」

「おー」

「おー」

リーと右手を、ルーと左手をつなぐ。

三人でまた楽しく歌を歌いながら、ぼくたちは元来た道を歩きはじめた。


それから店がオープンするまで、なんやかんやで一ヶ月かかった。

一番は、店舗の傷《いた》んだところを補修する工事だ。

作業中は邪魔にならないように三人で森に採取に行ったり（おかげでウルスラさんには感謝されっぱなしだった）、マーケットを歩いて売り場の人たちと仲良くなったりと、なかなか有意義に過ごせたと思う。

アンナさんたちの顔の広さをつくづく実感した日々でもあった。

なにせ、どこに行っても誰かが声をかけてくれる。僕たち三人はイアではかなり有名になっているらしく、「まだ若いのに子供ふたりを引き取って育てるなんて立派なもんだ」と野菜や果物をオマケしてくれる人までいた。

イアがいいところで良かったと心から思う。

これからは、親切にしてくれた人たちに、そしてこの町に僕から恩返しをする番だ。

……頑張らなくちゃな。

そんな思いは子供たちにも伝わったようで、ふたりは「おてつだいする！」と申し出てくれた。

その気持ちはとってもうれしい反面、ふたりともまだ三歳だ。どうやって宥《なだ》めようかと考えていた僕だったが、またも度肝を抜かれることになった。

だってこの子たち、生活魔法まで使えたんだよ！

生活魔法っていうのは、火を熾《おこ》したり、部屋を明るくする便利なものだ。

たとえば、これまで毎朝竈《かまど》に薪《まき》を入れ、種火《たねび》をふうふう吹きながらやっとのことで火を熾していたものが、彼らが一言〈ファイア〉と唱えれば叶ってしまう。

電気がないこの世界で灯りは貴重だ。日が沈んでしまうとランタンかロウソクで手元を照らすしかなくなる。そんな時も、ふたりが〈ライト〉と言うことで周囲がふわっと明るくなるので大助かり。

他にも、井戸から水を汲んでくる代わりに〈ウォーター〉で桶に満々《まんまん》と水が溜まるし、お風呂に入る環境がない時でも〈ウォッシュ〉の一言で身体を清潔に保《たも》つことができる。どんなに散らかった部屋も〈クリーン〉であっという間に片づけることさえ可能だ。

というようなことを、ふたりは得意げに教えてくれた。

……うん。お兄ちゃんはもっと早く知りたかったな……。

毎朝の火熾しや水汲みを思い出しながら遠い目になったのは秘密だ。

でもふたりも、生まれた時から当たり前に備わっている力が僕の助けになるとは思いもよらなかったんだろう。

子供に仕事を手伝わせるなんてと良心の呵責《かしやく》がないわけではなかったが、それはそれ、これはこれだ。

だって、僕がやるより百倍うまいんだもん！

ためしに寝室を整えてみてもらったところ、床はピカピカに磨き上げられ、ベッドには洗い立てのシーツがかかり、ベッドメイクもピシッと完璧。

それが、一瞬でできた。

いやー、世の中には驚くことがいっぱいあるよね。

リーとルーに出会ってからは特に、毎日びっくりわくわくさせられてばかりだ。

ふたりの力を目の当たりにした僕は、心からの感謝とともに助力を受けることに決めた。

ゲストの応対や金銭管理などは当然僕がやるけれど、部屋の掃除やリネンの洗濯などを引き受けてもらえるだけで充分すぎるほど大助かりだ。あとは、子供たちが無理をしないようにしっかり目を配ってあげなければ。

タイムスケジュールを作っては練習し、試行錯誤《しこうさくご》をくり返した。

頑張るふたりからは『おやつタイム』を所望《しょもう》され、謹《つつし》んで予定表に書き加えた次第だ。

かくして、できる限りの準備を整えて迎えた、開店初日――。

「いよいよだな」

店から通りに向かって突き出している黒い看板には『リッテ・ナオ』と刻まれている。

それが僕の店の名前だ。ピカピカの看板を見上げながら誇らしさに胸が躍った。

リッテというのはこの国の言葉で「気取らない食堂」という意味だ。

畏《かしこ》まった高級店ではない、かといって、腹が膨れればそれでいいというわけでもない。

おいしい食事と楽しい時間を提供する場所というイメージを表したいと思っていたから、
これぞぴったりだと使わせてもらうことにした。

あちこちに先代の思い出が残る、けれど新しい店主がはじめる店。

『いいお店ですねぇ。おめでとうございます、ナオさん』

しみじみしていると、不意に頭の中で声が響いた。

「ランラン！　久しぶり」

『はい。お久しぶりです！　……といっても、ご様子はずっと拝見していたんですよ』

「そうだったんだ。出てきて手伝ってくれても良かったのに」

『そうしたいのは山々でしたが、その、ぎっくり腰が再発しちゃうので……』

あ、ランラン腰痛持ちなんだ……お大事に……。

『それにしても、お仕事や住むところが見つかって本当に良かったです。ぼくが間違って召喚してしまったせいで、ナオさんには本当にご迷惑をおかけしてしまって……』

「まぁ、そう言うなって。今はすごく楽しいし。子供たちもいろんなことができるようになってきたんだよ。町の人たちも親切にしてくれるし、ようやく店もオープンするし」

『ええ、ええ、本当に……ううう。良かったです〜〜〜』

とうとうこらえきれなくなったのか、ランランが頭の中で泣き出した。

えっと、感慨深く思ってくれるのはうれしいんだけど、や、喧《やかま》しい……！

「ランラン、あのさっ」

『……はい』

よし。泣き止んだ。

「せっかくだし、このまま僕の守護霊《しゅごれい》やってくれるとありがたいんだけど、どう？」

『え？』

「これまでは、僕たちがちゃんとやっていけるか心配で見ててくれたと思うけど、生活の道筋が立ったからって消えちゃうのも寂しいしさ。ランランがいてくれると僕も心強いんだけど、どうかな」

『は…、はいっ。よろこんでっ！』

キーン！

今度は耳鳴りがするほどの大声だ。おまえは加減というものを知らないのかっ。

でも、それだけ思っていてくれたのなら僕もうれしい。

「それじゃ、これからもよろしくな。またいつでも話しかけて」

『はい。オープン初日、頑張ってくださいね。ナオさん』

バイバイと手をふるような気配を最後にランランが消える。

そこへ、いいタイミングでノワーゼルさん夫妻がやってきた。

「やぁ、立派になったのう」

「ノワーゼルさん。来てくださったんですか」

「大事な倅《せがれ》の晴れ舞台じゃからな」

「ふふふ。この人ね、ナオのことを息子のように思っているのよ」

隣でマダムがうれしそうに笑う。

そんなふたりの顔を交互に見ながら、僕は感謝をこめて頭を下げた。

「本日はようこそお越しくださいました。約束どおり、最高の料理をご用意しています」

「ほっほっほっ。楽しみじゃ。どれ、お邪魔しようかの」

ノワーゼルさんがお店のドアを開けるなり、奥から子供たちが飛んでくる。

「おじーちゃん！　おばーちゃん！」

「おやおや。ふたりとも元気そうでなによりだ」

「おじーちゃん、こっち。はやく！」

「おばーちゃんはこっち。ね！」

どうやらお客さんの案内を買って出てくれたようだ。

普段はスーパー人見知りのふたりだけれど、見知った顔には物怖《ものお》じしない。ノワーゼルさんたち相手なら楽しく話していてくれるだろう。

それじゃ、ぼくは鍋をあたため直そうかな。

店に入りかけたその時、後ろから「ナオ！」と声をかけられた。

「よう。やっと開いたな。待ち侘《わ》びたぜ」

「おいしいごはんを食べにきたよ」

「ハンスさん！　アンナさんも！」

ふたりの後ろにはそれぞれの家族もいる。

知り合って以来、毎日顔を合わせているうちにすっかり気心の知れたふたりだ。

大事な友人の店のオープンだからと、ハンスさんはこの日のためにとっておきのパンを焼いてくれたし、アンナさんは「お祝いにみんなで開けましょ！」と言って、ヴィヌマを二十本もプレゼントしてくれた。

まったく、なんという大盤振る舞いだろう。

「こうして店をはじめられるのも、おふたりのお力添えのおかげです。本当にありがとうございます」

「なーに湿っぽいこと言ってんだ。おまえの腕あってのことだろ、兄弟」

「そうよ。あたしたちはただのファン。楽しみにして来たんだから」

アンナさんが笑いながら腕に抱えていた黄色い花を差し出す。

「はい。これ、みんなからお祝いのお花。忙しいだろうと思って花瓶に活けてきたから、このまま飾って。外にも並べておいたよ」

「えっ。そんな、すみません。ありがとうございます」

「いいのいいの。店をはじめる時はみんなでお祝いするのがイアの伝統よ」

「俺は町の連中に声かけてきたぜ。マーケットのやつらも仕事片づけ次第来るって言ってるからよ。よろしく頼むぜ」

「はい。ありがとうございます。……さぁ、どうぞ」

二組の家族を長テーブルに案内する。ノワーゼルさんの頃から店の壁際に置かれていたもので、十四人は座れる大きなテーブルだ。

その後も、マーケットの顔馴染みやご近所さんたち、先代からの常連さんたち、それに最初にお世話になった門番のダーニさんも開店祝いを兼ねてやってきてくれた。

おかげで、店はあっという間に満席だ。

僕はあらためて店内を見回し、集まってくれた人たちに頭を下げた。

「こんばんは。リッテ・ナオへようこそ。皆さんのおかげで、こうして無事に開店初日を迎えることができました。そのお礼に、今夜は僕にできる最高の食事をご提供します。どうかひとときを楽しんでいってください」

それぞれの席から盛大な拍手が起こる。

「今日のために、ハンスさんからは最高のパンを、アンナさんからは最高のお酒を、それぞれご提供いただきました。おふたりに、あらためて感謝を」

またも拍手が起こり、それに応えてふたりが気恥ずかしそうに立ち上がる。

「なによ。いいのに、こんな」

「そうだぞ。照れくせぇじゃねぇか」

「だってうれしかったんです。皆さん、期待していてください」

それぞれのテーブルにヴィヌマを一本ずつ、それからパンを一籠と前菜を置いた。

その際に、メイン料理三品の中から食べたいものを選んでもらう。

看板メニューはもちろんポトフ。

それから、雛鳥《ひなどり》のクリーム煮や、トリッパとうずら豆のオーブン焼きも用意した。

どれもイアにはなかった料理だから、みんながわくわくそわそわしているのがわかる。

これ以上ない高揚感に背中を押されながら僕は腕捲りをしてキッチンに入った。

さぁ、はじめよう。

まず取りかかるのは雛鳥のクリーム煮。

これは、肉体労働に従事している人たちにぴったりの料理だ。滋養や消化促進の効果があり、疲れを癒やすことができる。アンナさんやハンスさん、それからマーケットで働く人々に食べてもらえたらと思って考えた。

あらかじめ皮を取り除いておいた雛鳥の肉にニンニク代わりのフェンを擦りこみ、塩胡椒する。これはベスティアみたいな魔獣肉じゃなく、マーケットで買える普通の食用肉だ。

イアの食卓によくのぼると聞いて選んだ。

ショウガに似た辛みを持つガランを肉に馴染ませ、さらにディンケル小麦をまぶす。

この、ガランってやつがなかなかすごい。

疲労回復の効果に加えて発熱や胃の痛みにも効くし、失神や眩暈《めまい》まで軽減させてくれるとか。消化にいい雛鳥の肉と合わせることで、疲れた身体を労《いたわ》りながら元気にしてくれるメニューというわけだ。

口に合うといいけど……。

ドキドキしながらフライパンにバターを落とす。肉の両面に焼き色をつけ、香りづけにアンナさん特製のヴィヌマを注いだ。数種類のキノコとハーブを加えて蓋をし、弱火にしたら、あとは火が通るまで蒸し焼きにすればほぼ完成だ。

というわけで、こっそりフライパンに右手を翳《かざ》した。

もちろんお客さんたちを驚かせないように小声にすることも忘れない。

「タイム、〈フォワード〉！」

詠唱した瞬間、フライパンの中だけ時間が進んだ。

いやー、あいかわらず便利だわぁ。

これを使うたびにランランに感謝せずにはいられない。おっちょこちょいのチビ天使も今頃、『えへへー』と照れ笑いを浮かべているだろう。

最後の仕上げは生クリームだ。

もちろん、イアにそんなものはなかったので自分で一から作ったよ。ステータスパネルくんはレシピ検索にも役立つ優れものなのだ。

手作り生クリームを加えて一度沸騰させたら弱火に落とし、塩胡椒で味を調えつつとろみが出るまでコトコトと。ここでまた魔法を使っても良かったんだけど、もう一品を作りがてらゆっくりあたためることにした。

三つ目のメインは、トリッパとうずら豆のオーブン焼きだ。

魔物や魔獣討伐後、お腹ペコペコでこの店に辿り着くであろう冒険者たちを想定して、がっつり食べ応えのあるメニューを考えた。

この料理には、低級魔獣の胃袋を使う。

そういえば、内臓を売ってくれって言ったらマーケットの人がギョッとしてたっけ。

イアでは動物の胃を食べる習慣はないらしく、肉にしておけと散々言われたのを丁重に辞して、捨てる予定だった胃袋《トリッパ》を譲ってもらった。

まぁ、はじめて聞いたらびっくりするよね……。

最初のうちは注文も少ないかもしれないけれど、自信を持っておいしいと言えるくらい試作をくり返したメニューだから、お客さんも時間をかけて馴染んでいったらうれしい。

そんな、のっけからハードモードのトリッパだけど、実は仕込みにとんでもなく時間がかかる。時空魔法がなかったらやろうとは思わなかったかもしれない。

なにせ内臓だ。あの「獣臭い」と嫌われるベスティア肉どころの騒ぎじゃない。

何度も何度も茹でこぼし、さらに野菜やブーケガルニ、ヴィヌマなんかと一緒に茹でて、二時間じっくり炒めた香味野菜とともに煮込み、塩で味を調え、さらに二、三日寝かせて全体を馴染ませる。

……こんな工程、我ながらよくやったと思う。

でも、ここまで作っておけば、店での作業は仕上げだけだ。

小鍋に煮込みを一部取り出してあたためがてら、茹でたうずら豆とざく切りの葉野菜、それに擂《す》り下ろした柑橘の皮と複数のハーブを加える。

軽く煮込んでいる間に耐熱容器にバターを塗り、ハンスさん特製のパンを敷き詰めた。

そこへスープをたっぷり染みこませ、それから中身を、次にチーズとバターを載せる。これをオーブンで十分焼けばでき上がり。もちろん魔法で時間短縮させてもらった。

賄《まかな》いとして食べた子供たちは熱々のチーズに歓声を上げていたっけ。

やわらかく旨味たっぷりのトリッパ、ほくほくのうずら豆、甘くまろやかな香味野菜。そして、そのすべてを吸いこんだパン。口に入れた途端、じゅわっとスープがあふれ出す一品だ。しあわせそうな子供たちの顔を見て、店で出しても大丈夫だと自信が持てた。

おっと、こうしているうちにクリーム煮の具合もそろそろ良さそうだ。

味見のため、スプーンでソースをひょいと掬《すく》う。

うおお……これはおいしい！

ここが店じゃなかったら自画自賛《じがじさん》のダンスを踊りたいくらいだ。

やっぱり肉とキノコの組み合わせは鉄板だよね。両方の旨味がソースに溶け出していて無限に食べたいくらいだ。そこに生クリームのコクまで加わって手が止まらなくなること必至。ヴィヌマの香りもいいし、ハーブの爽やかさもたまらない。

何度か試作をしてきたけど、今日のが一番いいと思う。

これをお客さんに食べてもらえるなんて最高だ。

舞い上がりそうになる気持ちをなんとか抑えて、仕込んでおいたポトフの様子を見る。

蓋を開けた途端、あたたかな湯気とともにおいしそうな匂いがふわんと香った。

うんうん。こっちも良さそうだ。

「よし」

まずはポトフをスープ皿によそって持っていく。

「おっ、来た来た。これだよこれ」

ハンスさんが両手を挙げて歓迎してくれる。彼はどうしても家族にも食べさせたかったそうで、子供たちの分も含めて四人分注文してくれた。

「信じられるか？　これ、ベスティアを煮込んでるんだぜ」

ハンスさんが得意げに家族の顔を見渡す。

「すごくいい香りね。それに、スープも透き通っていてとってもきれい」

奥さんも興味津々のようだ。

一口食べるなり「おいしい！」と声を揃えたハンスさん一家に「どうぞごゆっくり」と一礼して、ぼくはすぐさまキッチンに取って返した。看板メニューと説明したおかげで、他にもポトフをご所望のお客さんがたくさんいるのだ。

それが終わると、今度はアンナさんたちにクリーム煮を運んだ。

「おやまぁ、なんていい香り！　白いのはミルクかい？」

「ミルクから作った『生クリーム』というものです。アンナさんにいただいたヴィヌマも入ってますよ」

「それじゃ、子供には食べさせない方がいい？」

「アルコールは飛ばしてあるので大丈夫です。どうぞたくさん召し上がってください」

アンナさん一家がほっと胸を撫で下ろす。

一口大に切った肉をキノコと一緒に口に運んだ彼女は、たちまち頬を紅潮《こうちょう》させた。

「おいしい！　こんなおいしいもの食べたことないよ！」

彼女の夫も、そして息子も、揃って目を丸くしている。

「なんだこりゃ、たまげたなぁ。この肉のやわらかさったらないぜ」

「ぼく、これすごく好き！　明日も食べたい！」

「ありがとうございます。気に入っていただけて良かったです」

隣でポトフを食べていたハンスさんも興味津々のようだ。とうとう我慢できなくなったのか、横から身を乗り出してきた。

「おいおい。そっちもそんなにうまいのかよ。俺にも一口くれ」

そう言うなり、半ば強引にアンナさんの旦那さんのお皿から肉を奪う。

そして口に入れた途端、眉間に深い皺を刻んだ。

「なんだ、どうなってんだ。すげぇうまいぞ！」

「おまえのスープもうまそうじゃないか。俺にもくれ」

今度はアンナさんの旦那さんの方がハンスさんの深皿に手を伸ばす。

そしてポトフを一口食べるや、両目を瞑《つぶ》って天を仰いだ。

「これがあの煮込みだと……？　ベスティアって聞いてやめといたのに」

「な？　うまいだろ？　ナオのポトフは絶品なんだよ」

「それ言ったら、こっちのクリーム煮だって最高だろ」

「あぁ。間違いねぇ。添えてある芋もうまいな。ディンケル小麦のパスタでも良さそうだけどよ」

「おめぇはあいかわらずディンケルディンケル言いやがる」

大男ふたりが顔を見合わせ、ガッハッハ！　と豪快に笑う。

楽しそうな様子を尻目に、僕は最後のメインをオーブンから取り出しにかかった。

余熱されていたおかげもあってトリッパは熱々だ。それを鍋敷きとともにノワーゼルさんのテーブルに持っていく。

そこで、当たり前のような顔でリーとルーが膝の上に座っているのを見て、もう少しで噴き出すところだった。

その人たちはきみたちのおじいちゃんおばあちゃんじゃないんだよ……！

ふたりに「これからお食事だからこっちにおいで」と窘《たしな》めつつ、ノワーゼルさんの前にグラタン皿を置く。

「トリッパとうずら豆のオーブン焼きです」

「おお。はじめて見る料理じゃ……」

ごくりと喉を鳴らすノワーゼルさんに、うれしさ半分、心配半分といったところだ。

「あの…、本当に大丈夫ですか？　無理されてませんか？」

作った自分が言うのもなんだけれど、イアでは珍しい料理を、高齢のノワーゼルさんが一番に試してくれるとは思わなかった。ただでさえガッツリ系のメニューなのに。

心配していると、隣に座ったマダムがにこやかに首をふった。

「私たち、珍しい料理に目がないのよ。ポトフを食べた時だってわくわくしたもの」

「さっそくいただくとしよう」

ノワーゼルさんが意気揚々とスプーンを取り上げる。

その楽しそうな様子に、少しだけほっとしながら食べる様子を見守った。

万が一、やっぱり口に合わなかったらすぐに下げて、別のものを持ってくるつもりだ。その時は食べ慣れているポトフにしようか。それとも、珍しいもの好きならクリーム煮の方がいいだろうか。

そんなことを考えていた時だ。

「うまい！」

ノワーゼルさんが口から湯気を出しながら叫ぶ。

それを見た子供たちがすぐに「うま！」「うまうま！」と真似をはじめ、他のお客さんたちもいっせいに笑った。

　知らない人の前では貝になるふたりだけれど、今夜は顔馴染みに囲まれているおかげか、僕にへばりつくこともなく楽しそうにしている。にこにこ笑う子供たちにノワーゼルさん夫妻もうれしそうだ。

「まぁ、おいしい。内臓なのに全然臭みがないのね。それに豆がほくほくで」

「下に敷いてあるパンがまた絶品じゃな。スープが口の中でじゅわっとあふれる」

「なに！　パンが入ってんのかよ」

　またもハンスさんだ。

　身を乗り出すどころか椅子から立ち上がったのを見て、悪いと思いつつも僕まで笑ってしまった。

「スープを吸わせるとは思いつきもしなかったぜ。おい、兄弟。やるじゃねぇか」

「ハンスさんがおいしいパンを焼いてくださったおかげですよ」

　ハンスさんが顔を顰める。

　この人はほんと、見た目は厳ついのにめちゃめちゃ照れ屋なんだから。

「まったく商売上手な野郎だな。どれ、俺にもひとつトリッパをくれ」

「えっ。ポトフ食べたのにまだ食べるんですか」

「俺がパン料理を食わずに帰ると思うのか」

思わず目を丸くしてしまった僕に、アンナさんが「あっはっは！」と威勢良く笑った。

「ハンスは筋金入りのパン屋だからね」

「おまえだって筋金入りの酒屋だろうが」

「あったり前さ。こんな素敵なお店ができたんだ。これからもじゃんじゃん作るよ」

ふたりのやり取りを聞いていた元常連客から拍手が起こる。

それに気を良くしたアンナさんは立ち上がり、ヴィヌマのボトルを手に取った。

「さぁ、今夜はリッテ・ナオの開店祝いだ。みんなで楽しく飲もうじゃないか」

「おう、飲もう飲もう。ナオ、俺のところにもクリーム煮を頼むぜ」

「俺にはトリッパだ」

「私にはポトフをちょうだい」

「もう。皆さん、お腹がはち切れても知りませんよ」

窘《たしな》める声などお構いなしにハンスさんたちが陽気に歌を歌いはじめる。

僕は空になった皿を何枚も重ねて急いでキッチンに取って返した。ありがたいことに、今夜は寸胴鍋が全部空っぽになりそうだ。

楽しげな店内の様子に心を浮き立たせながら、大急ぎで鍋をあたためる。

記念すべき初日の夜は、こうしてにぎやかに更けていくのだった。

4．これぞ噂の魔法のスープ

三ヶ月もする頃には、店の評判はイアの外にまで伝わった。

アンナさんたちが頑張って情報を広めてくれたのかと思いきや、料理を食べた人たちがこぞってクチコミしてくれたらしい。

リッテ・ナオでは、見たこともない絶品料理が出る――。

そんな噂が噂を呼び、あっという間に人気店の仲間入りを果たした店にはご近所連中はもとより、国外からも料理目当てにお客さんが来てくれるようになった。

おかげで、店は連日満員御礼だ。

信じられない！

何度も夢じゃないかと目を擦ったよ。

ありがたいことに、店の外にまで椅子とテーブルを出して食事を提供することもある。

お客さんの中には、順番待ちをしている間に向かいの酒屋で一杯引っかけるのがお約束になったようで、「うちも儲《もう》かって万々歳《ばんばんざい》だよ」とアンナさん夫婦に笑われた。

リーとルーも少しずつ環境に慣れつつある。

人見知りはあいかわらずだけど、お宿係として部屋をきれいにするだけでなく、下げた食器をピカピカにするのも手伝ってくれるようになった。

これがまぁ、助かるのなんの！

僕ひとりで全オペレーションをこなさなくちゃならないので、本当は猫の手も借りたいと思っていたところだったんだ。ほんと、子供たちには助けられてばっかりだ。

足繁《あししげ》く通ってくれるようになった常連さんたちも、「子供たちを見習《みなら》わねぇとな！」と自分たちで料理を運んだり、お皿を下げたりしてくれるようになった。

これはさすがに丁重にお断り申し上げたけど、今でも混み合う時間帯になるとお客さんたちがさり気なく手を貸してくれたりする。

「うまいもん食わしてもらってんだ。これぐらい当然だろ」

そう言ってサッと助け、サッと食べて帰っていく。

イアの人たちは本当にやさしい。よそからやってきた僕が店をはじめ、こうして続けていられるのも彼らの支えがあってのことだ。

だからこそ頑張らなくちゃな。

そうそう。リッテ・ナオをやってみて思いがけないご褒美があった。憧れの勇者たちに出会えたんだ。

領主様の護衛で隣国からやってきたという屈強な男性や、討伐帰りのパーティなんかも立ち寄ってくれるようになった。

革の鎧や籠手をつけ、マントを羽織り、長剣を提げてやってくる彼らを見るたびに胸が躍った。どんな冒険をしてきたんだろう、どんな戦いがあったんだろうと、根掘り葉掘り聞きたいのをグッとこらえて出迎えている。

それでも思っていることはだいたい顔に出ているらしく、笑いながら「おまえも一緒に来るか」と誘われることもあった。

以前の僕なら、迷わず「はい！」と答えただろう。

でも今は、リッテ・ナオがある。

お世話になった人たちに料理で恩返しをすることが僕の使命だと思っているし、それにこの場所がある限りいつでも勇者たちには会えるのだから。

その夜も、忙しさが一段落した頃にドアが開いた。

「いらっしゃいませ」

「すまない。四人だが、入れるか」

黒い革の鎧を纏い、赤褐色の巻き毛を背中まで垂らした大柄な男性が声をかけてくる。派手な見た目に反して声はおだやかで、水色の瞳も理知的だ。

後ろに何人かいるようだから、冒険者のパーティだろう。

僕は鍋をかき混ぜていた手を止め、カウンターを回って出迎えた。

「ちょうど空きましたよ。どうぞ」

「やれやれ。良かった。助かった」

大きく息を吐きながら入ってきた男性たち三人はいずれも見上げるほど背が高く、革の鎧やフードマントを羽織っている。頬に生々しい傷があったり、ブーツに泥がついていたりするから、まさに森で魔物と戦った帰りなのだろう。

最後に入ってきた女性はマントのみなので、三人を補佐する魔法使いかもしれない。

そんな一行は、テーブルに案内されるなりぐったりと椅子に凭《もた》れかかった。

ありゃりゃ……かなりお疲れだな。

こういう時って、なにか食べなきゃと思ってもあんまり入っていかないんだよね。

それでも一応、注文は取らないとな。

「お食事はどうなさいますか。今夜のメインはポトフと雛鳥のクリーム煮がありますが、あまり食欲がなければ簡単なスープやサラダなんかも……」

「一番早く出せるものだ」

最後まで言い終わらないうちに男性が、ドン、とテーブルを叩く。

大柄で、黒い巻き毛に黒い服と全身黒尽くめの出で立ちをしている怖そうな人だ。

「おい、ヴェルナー。……すまんな。腹が減って気が立ってるんだ」

赤毛の青年は小声で仲間を諌《いさ》めると、こちらに向かって苦笑した。

「うまいものを食わせてくれる『リッテ・ナオ』って店があると仲間から評判を聞いてな、いつか立ち寄ってみたいと思っていたんだ。だがそのせいで遠回りをすることになって、余計な距離を歩かされたってイライラしてる」

ヴェルナーと呼ばれた男性が「そうだそうだ」と言わんばかりに眉間の皺を深くする。

「だが、そういう俺も腹ペコなんだ。俺たちにはできるだけ早く出せるものを頼む」

「わかりました。では、ポトフをお出ししましょう」

「ポトフ？」

「ベスティアの煮込みです」

そう言った瞬間、男性たちが「うっ」と顔を歪めた。

それでも空腹には勝てなかったのか、「…………わかった」と渋面で頷く。

ベスティアって、ほんと同じ反応されるなぁ。

それだけみんなのトラウマになりながらしぶとく残り続けた料理っていうのも、それはそれですごいと思うけどね。

「大丈夫ですよ。ポトフは看板メニューなんです」

「そうだぞ、兄ちゃんたち。ここのはうまいから安心しろって」

近くのテーブルにいた常連さんからもうれしい援護射撃が飛んでくる。

残りのふたりはもう少し考えると言うので、まずはポトフを出すことにした。

深皿にたっぷりの肉と野菜を盛り、透き通った熱々のスープをかける。それをヴィヌマやパンとともに持っていくと、案の定、ふたりは奇妙そうな顔をした。

「なんだ、これは……」

「覚悟してたのと全然違うな」

「どうぞ。冷めないうちに」

噴き出しそうになるのをこらえて勧める。

怖々《こわごわ》スプーンを手にしたふたりは、肉を一口頬張るなり揃って目を丸くした。

「これがベスティア、だと……？　昨日も森で食った。あれはなんだったたんだ」

「どうやって作るのか想像もつかない。だがうまい。それだけはわかる」

ふたりが夢中で匙を動かしはじめる。

ついさっきまでぐったりしていたのが嘘のようだ。はふはふとポトフを食べ進むうちに頬にも赤みが差しはじめる。

あっという間に皿を空っぽにしたふたりはスプーンを置き、人心地付いたというように満足気に笑った。

「うまかった」

「恐れ入った」

先ほどの無礼を詫びるように、ヴェルナーさんが頭を下げる。

「いえいえ、気にしないでください。よろこんでもらえて良かったです」

「俺からも礼を言わせてくれ。俺はラインハルト。このパーティのリーダーだ」

「ラインハルトさん。僕はナオです」

「ナオ……ということは、君がこの店のオーナーか？　その若さで？」

ラインハルトさんがまたも目を丸くした。

「兄ちゃん、それで驚くのはまだ早いぜ」

「そうそう。ナオは迷子の子供まで引き取って育ててるんだからな」

常連さんたちが得意げに語る。

それを聞いたラインハルトさんは感心したように何度も頷いた。

「そうか。君は大した男だ。だが、ひとりで店を切り盛りしながら子育てをするのは大変だろう。……よし。売上げに貢献しようじゃないか」

「俺も乗った」

なぜかヴェルナーさんまでニヤリと笑う。

「というわけで、ナオ。ふたりともお代わりだ」

「えっ。それはありがたいですけど……そんなに食べられます？」

「悪いが、俺とヴェルナーは大食漢でね。あと二皿ずつは食べるつもりだ」

「うへっ」

思わず間抜けな声が出た。

だって！　一皿が大人の一食分なんだよ！　それを合計三皿って！

それでもふたりが「いいから食わせてくれ」とせがむので、僕は再びキッチンに戻り、また熱々のポトフをテーブルに運ぶ。

ふたりはそれを歓声とともに迎えると、とても二皿目とは思えないような食べっぷりで猛然と胃に収めはじめた。

いやー、おいしそうに食べるなぁ……。

ヴェルナーさんなんて、お皿ごと持ち上げて掻きこみたいのをこらえているのがわかる。

ラインハルトさんが言った「あと二皿ずつ」も全然大袈裟《おおげさ》じゃないのかも。

気持ちのいい大食漢たちに感心しつつ、残るふたりに目を向ける。

こちらにも元気になってもらわなくちゃ。

「お食事はお決まりですか」

声をかけると、短髪の男性が虚《うつ》ろな顔を上げた。エメラルドグリーンのとてもきれいな目をした美青年なのに、表情はまるでゾンビみたいだ。

「ダメだわ……。なーんにも思い浮かばない」

「え？」

「あたし、すごく疲れちゃって……なんていうか今、ダメダメモードなのよぉぉ」

男性がシナを作りながら顔を覆う。

呆気《あっけ》に取られる僕とは対照的に、他の三人は気にも留めない。

こ、こういう性格なのか……？

「デメルは普段は陽気なんだが、疲れてくるとどうもなぁ。すまないが、あたたかいスープかなにか食べさせてやってくれるか」

助け船を出してくれたのはラインハルトさんだ。頼れる兄貴、ありがとう。

「じゃあ、キノコのスープにしましょうか。採れ立てのおいしいキノコがあります」

「それ！　それにするわ！」

デメルさんがガバッと顔を上げる。

「お任せください。お客さまはどうされますか」

続けて訊ねた途端、女性がビクッと肩をふるわせた。背中まである金髪が揺れる。

「わ…、わたし……わたし、は……」

俯いたまま目を泳がせる彼女を見て、あれ？　と思った。単に疲れているだけではなさそうだけど……？

視線で訊ねた僕に、ラインハルトさんが苦笑で返す。

「戦いの最中、ちょっとあってな」

聞けば、魔法で失敗してしまったんだそうだ。そのせいで冒険者三人に怪我を負わせてしまったと、とても落ちこんでいるらしい。

「だから……わたしはなにも……」

ますます下を向く女性の肩をラインハルトさんがポンと叩いた。

「ソフィア。失敗なんて誰にでもある。今日のことは誰も怒ってない」

「そうよ。掠《かす》り傷ぐらいどうってことないわ。あっという間に治すから見てらっしゃい」

「いいから食え。腹に入れろ」

三者三様、やさしい兄貴たちだ。

あ、ひとりは姉貴って呼んだ方がいいのかな？

ようやくのことで顔を上げたソフィアさんは、そんな仲間をおずおずと見上げた。

「本当に、ごめんなさい」

「いいから食えって。ナオの料理はうまいぞ。おまえもスープにするか？」

「あの…、わたし……」

ソフィアさんがまた目を泳がせる。言ってもいいかな、と迷っているように見えたので、今度は僕から助け船を出すことにした。

「落ちこんだ時は甘いものにしましょうか」

「え？」

「フルーツ、お好きですか？　それからお野菜はどうです？」

「好き……好きです。わたし、甘いものが食べたかったんです」

良かった。表情が少しだけ明るくなったみたいだ。

「それなら、ソフィアさんにはフルーツサラダをお持ちしますね。どうぞお楽しみに」

一礼してキッチンに戻るなり、僕は気合いを入れて腕捲りをした。

日替わりのメインはあらかじめ作ってあるけれど、こうしたイレギュラーな注文はその時々で拵《こしら》える。

まずは、お疲れデメルさんのためのキノコのスープだ。

マジックバッグに手を突っこんでキノコを四、五種まとめて取り出す。いつもの採取依頼のついでに放りこんでおいたものだ。汚れを除いてすべて一センチ角に切り揃えた。

芋も同じように、香味野菜はみじん切りに。

それからここで、とっておきがある。

じゃーん！

取り出したるはパンチェッタ。もちろんこれも自分で作った。

以前、作り方を調べた時は「なんて時間がかかるものなんだ！」と絶望しかけたけど、ふふふ……今の僕には時空魔法っていう強い味方があるからね。

適度に脂肪のある塊肉にハーブと塩胡椒をまぶし、低温に保った状態で三日寝かせる。

ドリップを洗い流して塩抜きし、さらに低温で十日寝かせればおいしいパンチェッタのでき上がり。

肉を寝かせるところで「タイム、〈フォワード〉！」と唱えればあっという間だ。

そんなパンチェッタを角切りにし、深さのある鍋に入れて火を点けた。

じわ…じわ…と油が出てくるに従って塩気のある香ばしい香りがキッチンに漂う。

う〜〜〜、もうおいしそう。

このままカリカリに焼いてチャーハンにしたら絶対おいしい。

なんて煩悩《ぼんのう》を頭の中からシッシッと追い出しつつ、パンチェッタがきつね色になるまでじっくり炒める。香味野菜とキノコを炒め合わせ、さらにディンケル小麦粉を加えた。

あらかじめ作っておいたブイヨンを加えてよく混ぜ、芋を加えて煮込む。

具材がやわらかくなったところで最後に生クリームを加え、塩胡椒で味を調えたらでき上がりだ。

ではいざ、料理人の特権、味見タ〜イム！

小皿に取り分けたスープを啜った瞬間、思わず目を見開いた。

おおお……なにこれ、めちゃくちゃおいしい！

これまでも賄いとして作ったことはあったけれど、パンチェッタではなく肉の切れ端を使っていたし、キノコの種類も少なかった。

それが、ちょっと工夫することでこんなにおいしくなるなんて！

パンチェッタを噛み締めれば、香ばしさとともに凝縮された肉の味が口の中いっぱいに広がる。そこにキノコの旨味や野菜の甘さ、生クリームのコクが加わって複雑かつ芳醇《ほうじゅん》な味わいだ。

雛鳥のクリーム煮を作った時も思ったけど、ほんと、肉とキノコの組み合わせって最高だよね。特にガートランドの森では旨味の強いキノコがたくさん採れるおかげで、料理が何倍もおいしくなる。

このスープ、子供たちにも食べさせたいなぁ。

おいしいものができるといつもふたりの顔が浮かんでくる。

この場にいたら「あーん」してあげられたんだけど、営業前に賄いを食べさせた後は、ふたりは二階で寝る生活だ。

明日の朝ごはんにでも作ってあげようかなと思ったその時、なぜかトテテテと階段を降りてくる足音がした。

「ナオ」

「ニャオ」

リーは目を擦りながら、ルーは反対に目をきらきらさせながらこちらに駆けてくる。

カウンターが目隠しの役目を果たしたおかげで、気づいたお客さんはいないようだ。

「どうしたの、ふたりとも」

その場にしゃがみ、ふたりが走り回ったりしないようにそれぞれの手を握る。

「いいにおい、した！」

ルーが「知ってるよ」と言わんばかりの顔で鍋を指した。

「それで飛んできちゃったのか。ルーのお鼻は敏感だなぁ。……ふふふ。リーは眠いのに起きてきたの」

「ん…」

「明日また作ってあげるのに」

目をしょぼしょぼさせながら、それでもやってきたふたりをぎゅっと抱き締める。

「今日はね、とっても疲れてるお客さんのために、キノコのスープを作ったんだ」

「つかれてる、の……？」

きょとんとしたふたりに、カウンターの端からデメルを指し示す。

ぐったりと顔を覆っているその姿に子供たちはびっくりしたようだ。

「あのひと、しんじゃう？」

「大丈夫。そんなにヤワじゃないはずだよ」

「でも、とってもつかれてるよ。かわいそう」

リーとルーは顔を見合わせ、いつものように双子特有の以心伝心《いしんでんしん》で何事か相談した後、揃ってこくんと頷いた。

「リー、ヒールしてあげる」

「ルーも」

「え？　あのお姉…、いや、お兄さんに……？」

僕は迷った。

人助けしたいというふたりのやさしい気持ちはとってもうれしい。

人見知りのくせに、知らない人の前に出て行こうとする、その勇気も讃《たた》えたい。

でも、同時に不安もあった。

一度でもそれをしたら俺も俺もと無尽蔵に人が押し寄せて、取り返しのつかないことになるんじゃないか。それで子供たちの魔力や体力が犠牲になるんじゃないか。

どうしよう……。

そんな時、ふといい考えが頭に浮かんだ。

「そうだ。このスープにヒールをかけてくれるか？」

「ごはんに……？」

ふたりはきょとんとしている。

そんなこと、これまで考えたこともなかったんだろう。

「あのお兄さんに、ごはんと一緒に回復魔法も食べてもらおう。人にかけるのと違って、スープに力を込めるだけなら魔力の消費も少しで済むから」

確か、そんな話を聞いたことがある。

「おおお」

「わかった！」

子供たちはキリリと表情を引き締めると、椛《もみじ》のようなかわいらしい手を深皿に翳《かざ》した。

「〈ヒール〉！」

詠唱の瞬間、スープの水面がふわんと動く。細い光の輪が波紋のように広がり、そこに特別な力が宿った。

さっそくデメルさんのもとにスープを運ぶ。

「お待たせしました」

「待ち焦がれたわよぉ。もう、さっきからいい香りさせてるんだもの」

テーブルに深皿を置くと、ラインハルトさんたちがいっせいに覗きこんできた。

「白いな。ミルクか？」

「いえ、ミルクから作ったクリームです」

「へぇ。珍しい」

「中身も、デメルさん特製のとっておきですよ。どうぞ召し上がれ」

デメルさんがヨロヨロとスプーンを持ち上げる。

けれどスープを一口食べるなり、カッと目を見開いた。

「なによこれ！　食べるスーパーポーションじゃない！」

「なんだって？」

「どういうことだ、デメル」

ラインハルトさんたちが目を瞠る。

そうしている間にもデメルさんは忙しなくスプーンを動かした。

「おいしい。こんなのはじめて！」

「そいつはわかったから、なにがどうスーパーポーションなんだ」

「おいデメル。食《く》ってないで説明しろ」

ふたりが身を乗り出してもデメルさんはお構いなしだ。エメラルドグリーンの目をきらきらさせながら瞬く間にスープを胃に収めていく。

「あーもう、食べれば食べるほど元気になる〜〜〜！」

ビブラートのかかった裏声にとうとう周りからも笑いが起こった。

ただでさえ気持ちいいほどの食べっぷりなのに、そんなによろこんでもらえるなんて、作った方としても料理人冥利《みょうり》に尽きるというものだ。

あっという間に完食し、空っぽのお皿を前に満足気にお腹を擦っていたデメルさんは、少しすると「そうだ」と身を乗り出した。

「ナオちゃん。これ、なんだったの？」

「え？　キノコの……」

「ただのスープじゃないでしょ。ポーション入ってたわよ」

「いえいえ、中身は普通のスープですよ。ただ、隠し味に回復魔法を少々」

「君は魔法使いなのか」

今度はラインハルトさんが食いつく。

「はい。でも、スープに回復魔法をかけてくれたのは子供たちです」

「子供たち？」

カウンターの端から様子を伺っていたふたりをちょいちょいと手招きする。

リーとルーはこちらに駆けてくるなり、僕の足にぴとっとしがみついた。その素早さたるや、まるで小動物だ。

呆気に取られる一同をよそに、デメルさんは「いやーん！」と黄色い歓声を上げた。

「かわいい！　しかも双子ちゃんじゃない！」

「こっちがリー、こっちがルーです。……リー、ルー、ご挨拶は？」

やさしく背中を叩いて促すと、ふたりはそろそろと顔を上げる。

これからは初対面の人ともたくさん会うのだからと、お店をはじめる前に『ご挨拶』の練習を積んでおいたのだ。

「こんばん、は。リーです」

「……ばんは。ルー、です」

ふたりがぺこりとお辞儀をすると、デメルさんは拳を口元に当てて「かわいい〜〜〜」と身悶えた。

「もうもう、かわいいの塊ね！　あたしはデメルよ。よろしくね」

デメルさんが伸ばした左右の手を子供たちがそっと握る。

その瞬間、デメルさんは無言で目を閉じ、そのままひとり天を仰いだ。

あ……感極まっちゃった。

でもわかる。わかるよ、その気持ち。ちっちゃな手できゅうっと指を握られた時のうれしさって、ちょっと言葉では表せないよね。

「えーと、ナオ」

そんな僕を現実に引き戻すようにラインハルトさんが咳払いをする。

「さっきの話だと、この子たちが回復魔法を？　見たところエルフのようだが」

「ええ、生まれつき回復魔法が使えるんです。デメルさんがお疲れのご様子だったので、〈ヒール〉をかけてあげたいと子供たちが」

それを聞いたデメルさんが「んまぁ！」と感嘆の声を上げた。

「まだこんなチビちゃんなのに、気遣ってくれたのねぇ。うれしいわ、ふたりとも！」

デメルさんにぎゅうっと抱き締められた途端、子供たちはジタバタと暴れ出す。

「リーに、やさしく！」

「ルーも、くるしい！」

「あらやだ。あたしったら」

デメルは慌てて腕を離し、「ごめんなさいね」とふたりの頭をやさしく撫でた。

それからこちらをふり返り、にこやかに微笑む。もう店に入ってきた時のような生気のない顔ではなく、溌剌《はつらつ》とした晴れやかな笑顔だ。

「それにしてもすごいスープをいただいちゃったわ。ナオちゃんの料理の腕は確かだし、リーちゃんとルーちゃんのやさしい気持ちまでこもってるんだもの。おいしいなんて言葉じゃ足りないくらいよ」

「良かったたな、デメル」

「ええ。おかげですっかり元気になったわ。まさに『魔法のスープ』ね」

今なら家一軒持ち上げられそうとデメルさんが笑う。

ラインハルトさんとヴェルナーさんからは案の定、三杯目のお代わりにキノコのスープあらため魔法のスープを要望された。

食べるスーパーポーションなんて聞いたらそうなるよね。

デメルさんが子供たちを見ていてくれるというのでお言葉に甘えて、お代わりを運んだ後はフルーツサラダを作るべくキッチンに戻った。

そういえば、サラダを作るなんてこっちに来てからはじめてかもしれない。

この国で野菜といえば火を通して食べるのが一般的だったから、作る僕自身もちょっとした気分転換になる。

といっても、あっという間にできちゃうんだけど。

まずは、ディンケル小麦を茹でて冷ましておく。

顔を合わせるたびにハンスさんからディンケル小麦の良さを熱弁されるので、最近では僕もすっかり嵌《はま》ってしまった。胃腸の働きを助ける最高の穀物《こくもつ》だからね。落ちこんで食欲がないというソフィアさんがせめて少しでも体力を回復できればと考えて、このスーパーフードの出番となった。

次に、茹でておいたルルドというビーツに似た野菜とリンゴを一センチ角に切る。リンゴはこの国にもあるようで、名前もよく似ているから僕は構わずリンゴと呼んでいる。

ちなみにこのルルド、真っ赤なトゲトゲのついたボール状の形をしている。

いかにも危険物っぽい見た目だよね。

はじめてマーケットで見かけた時はギョッとしたものだったけれど、今や日常に欠かせない野菜のひとつだ。栄養がとても豊富だし、中が鮮やかなピンク色なので食卓がパッと明るくなる。もちろん、リーもルルーも大好きだ。

それらを全部ひとつのボウルに入れ、数種のハーブを加えたら塩胡椒で味を調える。

最後にシードオイルを回しかければでき上がり。ルルドの色がリンゴや小麦に移って、華やかでかわいいサラダが完成した。

念のため、味見を一口。

……うん。いいね。

リンゴの爽やかな甘みやルルドのほのかな苦み、そこにディンケル小麦のプチプチとした食感が加わってとても楽しい一皿だ。

真っ白なお皿にグリーンの葉野菜を敷き、その上にピンク色のサラダを盛りつける。

テーブルに持っていくと、三人がいっせいに「わ！」と声を上げた。

「ピンクだな」

「なんだこりゃ」

「なんてかわいいの！」

目を瞠《みは》るラインハルトさんたちとは裏腹に、デメルさんはうれしそうだ。

肝心のソフィアさんはというと、驚いたようで目をぱちぱちと瞬かせていた。

「ルルドとリンゴのフルーツサラダです。ディンケル小麦も加えています」

「ありがとう、ござい、ます」

ソフィアさんがおずおずとフォークを手に取り、サラダを掬《すく》う。

気に入ってもらえるだろうか。

食欲がないソフィアさんでも食べられるだろうか。

口に入れたものがゆっくり咀嚼《そしやく》され、飲みこまれていくのをドキドキしながら見守る。

ソフィアさんは余韻を味わうようにじっと目を閉じていたが、しばらくすると微笑みながら顔を上げた。

「とってもおいしい、です」

「良かった……」

ほっと胸を撫で下ろす。

「良かったな、ソフィア」

「いっぱい食べて、ソフィアちゃん。ちゃんと噛んで、ゆっくりね」

デメルさんたちもうれしそうだ。

その気持ちを受けて、ソフィアさんがゆっくり二口、三口と食べ進めていく。そうするうちに身体が空腹を思い出したのか、フォークを運ぶのも少しずつ早くなっていった。

表情もゆるんできたようだ。これならもう大丈夫だろう。

「そうだ、ナオ。部屋も空いてるか？　このまま泊まれるとありがたいんだが」

ラインハルトさんがふと思い出したようにこちらを見る。

「ええ。大丈夫ですよ。お湯もあった方がいいですよね？」

「すまない。もらえると助かる」

「わかりました。ご用意しておきます」

こちらの世界には、いわゆるお風呂というものがない。宿屋で身体を洗いたければ盥《たらい》に

お湯をもらう必要があるのだということを、僕はノワーゼルさんに教えてもらって衝撃を受けた。

でもまぁ、中世ヨーロッパじゃそれが当たり前だったしね。郷に入っては郷に従え。

それに、びっくりしているのは僕だけで、お客さんたちはみんな当たり前のように答えてくれるから、周辺国も含めてそういうものなんだろう。

常連客たちが一組、また一組と帰っていき、店にはラインハルトさんたち四人になる。

もうそんな時間か。

戦いの疲れもあるだろうし、ソフィアさんが食べ終わり次第一行《いっこう》を二階に案内しようと思ったところでようやく、デメルさんの膝の上で眠っている子供たちに気がついた。

しまった！

すっかり子守をさせてしまった。

よく見たら、ふたりとも「くかー」「ぷすー」と鼻提灯《ちょうちん》まで出してるじゃないか。

「すすす、すみません！　すぐに起こしますから」

「あら、いいわよ。ぐっすり眠ってるし」

「でも」

「あたし、子供が大好きなの。毎日魔物や魔獣と戦ってるけど、本当はナニーになるのが夢だったのよねぇ」

デメルさんが身体をゆらゆら揺らしながらうれしそうに「うふふ」と笑う。

「そうだったんですか。デメルさん、似合いますね」

「ありがと。だから、リーちゃんとルーちゃんを抱っこできてうれしいわ。ね、お願い。もうちょっとこのままでいさせて」

「じゃあ、お言葉に甘えて……。でも、無理しないでくださいね。ふたりとも重いし」

「なんの。それこそ毎日鍛えてるもの」

デメルさんが得意げに力瘤《ちからこぶ》を作ってくれたのだけど、その逞《たくま》しい筋肉たるや！

あんぐり口を開ける僕を見てラインハルトさんが苦笑した。

「デメルはこう見えて、俺たちの誰より怪力なんだ」

「んまっ。怪力だなんて失礼しちゃう。熱いハートから生み出された乙女のパワーよ」

唇を尖らせるデメルさんにみんなが笑う。

ラインハルトさんもヴェルナーさんも、さっきまで落ちこんでいたソフィアさんもだ。

腕の中の子供たちまでむにゃむにゃ微笑んだのを見て、またみんなで笑ってしまった。

「本当にかわいいエルフちゃんたちねぇ。ナオちゃんの子供ならハーフエルフかしら？」

「いえ。僕の子じゃありません。森で迷子になっているところを保護したんです」

「エルフが？　森で迷子？」

「……やっぱりそう思いますよね。あちこちで訊ねてるんですが、なかなか情報が集まらなくて……。ふたりとも、お父さんやお母さんのことを覚えていないようなんです」

「ナオ。君が言っている森というのは、東の城門を出た先に広がっているガートランドの森のことか」

「え？　あ、はい」

話に加わってきたラインハルトさんがなぜか顔を曇らせる。

「ガートランドの森……エルフ……」

ソフィアさんの呟きに、ヴェルナーさんやデメルさんもハッと顔を見合わせた。

「ねえ、それって……」

「あぁ。おそらくな」

「あ、あのっ。なにかご存知なんですか」

つい声が大きくなる。

前のめりで訊ねる僕に、ラインハルトさんは苦しげに顔を歪めた。

「ガートランドの森には魔物や魔獣、野獣だけでなく、オークやエルフなど、ありとあらゆるものが棲んでいる。普段はそれぞれのテリトリーを守ってうまくやっているんだが、時々規律が乱されることがあってな。……オーガの仕業だ」

「オーガ一族は、昔からエルフを目の敵にしてる」

「エルフの知性に嫉妬してるとか、エルフに大事なものを盗まれたとか、昔からいろんな噂があったけど……とにかくガートランドのオーガは危ないのよ。図体なんて人間の五、六倍はある上にキレやすくて凶暴だし、人の話を聞く耳なんてありゃしないんだから」

ヴェルナーさんやデメルさんも口々に捲し立てる。

そういえば、ランランも「オーガが暴れた」って言ってたっけ。それをなんとかするために勇者を召喚するはずが、うっかり時空が交差して僕が呼ばれたわけなんだけど。

でも、それがどうしたんだろう。

不思議に思っていると、ラインハルトさんが「落ち着いて聞いてくれ」と前置きした。

その表情はさっきよりもさらに暗い。

「五ヶ月前、小競《こぜ》り合いが起きた。それまで長い間膠着状態を保っていたふたつの種族がぶつかり合って、オーガの連中がエルフの村に火を放った」

「な……」

「大勢のエルフが命を落とした。中には逃げ延びたものもいたようだが、土地を追われて逃げ惑う最中、この子たちも親と逸《はぐ》れたんだろう。そしておそらく、両親はもう……」

「そんな！」

デメルさんが子供たちを守るように腕に力をこめる。

「この子たちにはなんの罪もないのに」

あどけない寝顔を見ているうちに胸がぎゅうっと苦しくなった。

そうか——。

だから、ふたりは知らない人を警戒するんだ。相手が自分の敵かどうかを見定めようとしているのかもしれない。

ただの人見知りだと思ってた。

子供はそういうものだって。

ランランの言った「逃げ延びた生き残り」という言葉が今さら重くのしかかってくる。

そんな辛いことがあったなら、なにも覚えていなくても無理はない。

暴徒と化したオーガを退治したのはラインハルトさんたちだったと聞いて、ようやくすべてがつながった。

「僕、この子たちの両親を見つけ出して、親元に帰してやりたいって思っていたんです。生まれ育った森に戻してあげたいって」

でも、それはできないことだとわかってしまった。

「もう、この子たちの暮らした場所はなくなってしまったんですね……」

「討伐の帰りに村に立ち寄ったが、ひどい状態だった。子供には見せない方がいい」

「そう…、ですか……」

ラインハルトさんが無言で背中をさすって慰めてくれる。

デメルさんも「元気出して」と励ましてくれた。

「ふたりはナオちゃんに助けられたのよ。それだけは間違いないわ」

「デメルさん」

「ナオちゃんのおかげでこんないい子に育ってるんだもの。辛い思いもしたでしょうけど、今はきっと、ふたりともとってもしあわせよ」

リーが応えるようにふわっと笑う。どんな夢を見ているんだろう。

ルーの「ニャ、オー……」というかわいい寝言に涙が出そうになった。

「ほらね。ナオちゃんのことが大好きなのね」

デメルさんのエメラルドグリーンの目にもうっすら涙が光っている。

「僕……」

つられて泣きそうになるのをこらえ、鼻を啜ると、僕は思いきって口を開いた。

「実は僕も、遠いところから来ました。そこへはもう帰れません。だからイアで心機一転、頑張ろうと思ってこの店をはじめました。もちろん生きていくためでしたけど、人の出入りが多い場所ならこの子たちの親探しもできるかなって……」

そんな理由でもなければノワーゼルさんに無茶を言わなかっただろうし、今頃どこかで別の仕事をしていたかもしれない。

　そう考えると胸にぽっかり穴が空いた気分だ。

　それでも、すべてが無駄だったとはどうしても思えなかった。

　だって、僕にはもうたくさんの宝物がある。

「親探しは難しくなってしまいましたけど、この店のおかげでたくさんの方とご縁ができましたし、皆さんとも知り合うことができました。そう考えると、全部意味があったことなのかなって。この子たちや、皆さんとの出会いそのものが僕の財産なんだと思えます」

「ナオ……」

「ナオちゃん、よく言ったわ！」

　デメルさんがうんうんと頷く。

　ラインハルトさんたちも拍手で同意を示してくれた。

「子育ては大変だから無理はしないでね。周りを頼っていいのよ。あたしをナニーとして呼んでくれたっていいんだから」

「おい、デメル。パーティはどうするんだ」

「両立してやるわよ。魔物と戦いながら子供の世話だってするわ」

「待て待て。それこそ無茶だ」

　ラインハルトさんが苦笑しながら慌てて止めに入る。

「俺たちにできることでナオを応援しよう。差し当たっては金で困ることのないように、ここを冒険の定宿にしようじゃないか。他のパーティにも勧めよう。どうだ」

「乗った」

「賛成！」

「わたしも」

リーダーの提案に三人がいっせいに声を揃える。

見た目も性格もまるで違う一行だけど、団結力の強さは惚れ惚れとするほどだ。

だから僕は、感謝の気持ちをこめて深々と頭を下げた。

「ありがとうございます。それじゃ僕は、とっておきのご馳走を用意しておきます」

「またあのポトフを頼むぞ」

「俺は魔法のスープだ」

「あたしはピンクのサラダを食べてみたいわ」

「わたし…、次はクリーム煮が食べたい、です」

「はい。お任せください」

必要な材料は全部、いつだってマジックバッグに入れておくことにしよう。

それが僕にできる恩返しだ。

四人のにこやかな笑顔に胸を熱くしながら、これからも頑張ることを心に誓った。

魔法のスープの話は、あっという間に冒険者たちの間で話題になった。

仕掛け人はラインハルトさんだ。

依頼の達成報告でギルドを訪れた際に話を広めてくれたばかりか、他のメニューまであれこれオススメしてくれたのだとか。

さすが頼れる兄貴、仕事が早い！

おかげで魔法のスープは毎日飛ぶように売れていく。

看板メニューのポトフにも根強いファンがついてくれた。

明日はなにを作ろうか。

次はどんな料理でみんなをあっと驚かせようか。

そんなことを考える時間も楽しい。

けれど今日は、僕の方が驚かされることが起きた。なんと、イアのギルド協会を仕切るギルド長がわざわざ足を運んでくれたのだ。ウルスラさんが誘ってくれたそうだ。

「ナオさんには採取依頼でたくさんお世話になっていますから。わたしもお店の売上げに貢献しなくちゃと思って！　というか、わたしが我慢できなくて！」

ウルスラさんがにこにこ笑う。

「アンナに話を聞いてからずっと食べたかったんですよ、ポトフ！　ギルドで会う人みんなから『おいしかった』『絶対食べた方がいいぞ』って毎日のように言われ続けて、もう気もそぞろになっちゃって……正直、仕事どころじゃなくって！」

「あ、あの、ウルスラさん……」

お隣でギルド長がどんな顔したらいいかすごく困ってるんですけど。

「なので、思いきってお仕事を切り上げて食べに来ちゃいました」

「できるんですか、そんなこと」

「できるんですねぇ。ギルド長とご一緒なら」

それってもしかして、ギルド長はただの口実なのでは……？

本人も同じことを思ったのだろう。苦笑に白い顎髭を揺らしながらギルドの主が右手を差し出してきた。

「ギルド長のユルゲンじゃ。大変な早さでランクアップする魔法使いがいると聞いてな、一度会ってみたいと思っていたよ。それが繁盛店リッテ・ナオの主人だったとは」

「お褒めに与《あずか》り光栄です」

「うちのウルスラがいろいろと無理を言っているそうじゃないか」

「えっ……と、それはその……」

ウルスラさんを見ると、その目は「わたしたち、とってもいいお仕事仲間ですよね？」

と語っている。

えーと。

険しい崖の中腹にしか生えない魔草とか、低級魔獣の住処《すみか》の周りにしか咲かない花とか、なかなかハードなものを頼まれる機会も増えたけど、そういうのは言っちゃいけないってことなんだよね？　ただでさえ魔獣の出る森に週に何度も通って複数の採取依頼をこなすこと自体、普通に考えたらおかしいけど、それも言っちゃダメなんだよね？

…………はい。視線ですべてを悟りました。

「僕の方こそ、いろいろ助けていただいています」

「そうかい。まぁ、そういうことにしておこう。困ったことがあったら言いなさい。ギルドは仕事の斡旋《あっせん》だけでなく、イアで暮らす上で助けになる場所じゃからな」

「はい。ありがとうございます」

ユルゲンさんの横でウルスラさんが悪戯《いたずら》っ子のように笑っている。

うん。だから、そういうとこだよもう。

でもなんか憎めないんだよなぁ。

そんなふたりを、僕は窓際の小テーブルに案内した。

パンとヴィヌマ、前菜を運び、メイン料理の説明をする。

「私はポトフ！　ポトフです！」

「はい。そう言うと思ってました」

「わしは、そうじゃのう……最近は肉が重たくてな。魚はあるかね」

「魚でしたら、メノウはいかがですか。ムニエルに」

「結構。量も控えめにしておくれ。年を取るとたくさん食べられなくなって敵《かな》わんよ」

「もう。ギルド長ったら、そんなおじいちゃんみたいなことおっしゃって」

「ウルスラから見たらわしも立派なおじいちゃんじゃ。今日は一日中、契約書の小さな文字を読まされて、もう目も霞《かす》んでしかたがないわい」

「お疲れさまでした、ギルド長。おいしいお料理で元気出しましょう。ね！」

胸の前で拳を握るウルスラさんに、ユルゲンさんが髭を揺らしながら楽しそうに笑う。

きっと、ふたりはいつもこんな感じなんだろう。ユルゲンさんは孫ほど年の離れたウルスラさんがかわいくてしかたないようだ。

そんなウルスラさんに熱々のポトフを運ぶと、僕は急いでキッチンに取って返した。

さぁ、はじめますか。

マジックバッグから新鮮なメノウを取り出す。

メノウというのはニジマスに似た魚で、イアではポピュラーな大衆魚だ。臭みもなく、脂がのっていてとてもおいしい。子供たちにフィッシュカレーを作ってあげようと思って買っておいたんだけど……まぁ、こういうこともあるさ。

ホールから聞こえてきたウルスラさんの「わぁ、おいしいー！」という叫び声に思わず噴き出しながら、さっそく準備に取りかかった。

まずは魚の鱗《うろこ》と内臓を取ってきれいに洗い、両面に塩をふって少し置く。

その間に香味野菜とハーブをみじん切りにし、中火で炒めた。本当ならいろいろな野菜を入れたいところだけど、量の調節のためにあえて一種だ。

ある程度炒めたところで水を加え、レモンによく似た柑橘類ジーレの皮の摺《す》り下ろしやヴィヌマから作った酢、それにレーズン代わりに干したヴィーノを入れてコトコト煮る。

ユルゲンさんが「目が疲れた」と言っていたから、酸味の利いたソースで疲れを癒やしてもらおうと思ってね。野菜の甘さと爽やかな酸味、そこに加わるヴィーノの甘酸っぱさが食欲を刺激してくれるはずだ。

別のフライパンでメノウの両面をこんがりと焼き、ソースを加えて、魚に火が通るまで弱火でじっくり煮れば、はい、完成。

「お待たせしました。メノウのムニエルです」

テーブルに運ぶと、ユルゲンさんがしげしげと覗きこんできた。

「ほう……。このソースはなにかね？」

「香味野菜にジーレやビネガーを合わせたものです。酸味のあるソースは目の疲れに効きます。少しでも症状を和らげることができればと」

「もしや、わしのために拵《こしら》えてくれたのかい」

「お口に合うといいのですが……」

「ありがとうよ。どれ。いただこう」

ユルゲンさんはうれしそうにカトラリーを取り上げ、魚にそっとナイフを入れる。

ほろりと解れた身がソースと一緒に掬い上げられ、口に運ばれていくのを固唾《かたず》を呑んで見守った。

何度料理を作っても、この瞬間だけは慣れることがない。

やがてごくりと呑みこんだユルゲンさんは、目を糸のようにしながら笑った。

「あぁ、おいしい。とてもおいしい」

「本当ですか」

「この店が繁盛する理由がわかった気がするよ。料理がおいしいのはもちろん、君のそのやさしさがお客に伝わっているからじゃな」

「ユルゲンさん……」

「気遣ってくれてありがとうよ。残りも大事にいただくとしよう」

にっこり微笑むユルゲンさんに心をこめて一礼する。

それから、ウルスラさんとも目と目を合わせて心の中でハイタッチした。

おいしい食事と楽しい時間を提供したい——そんな思いではじめた、気取らぬ食堂という名のリッテ・ナオ。

試行錯誤の毎日だったけれど、ユルゲンさんの言葉を聞いて、自分がやってきたことは間違っていなかったんだと確信した。

でも、そうやって頑張ってこられたのはみんなのおかげだ。

開店を自分のことのようによろこび、祝ってくれたご近所さん。

顔を合わせるたびに声をかけてくれる門番さんやマーケットの人たち。

冒険の行き帰りに立ち寄ってくれるパーティや、こうして足を運んでくれるギルド職員さんもいる。

親切にしてくれたイアの人たちにもっとお返しがしたい。

そして、今頃ぐっすり眠っている子供たちをもっともっとしあわせにしたい。

あたたかさで満たされた店内を見回しながら、僕は思いを巡らせるのだった。


翌日、夜の仕込みの合間を縫って、賄いに豆を使ったカレーを作った。

フィッシュカレー用に買っておいたメノウを店で出してしまったので、その代用として手に入りやすい豆を選んだ次第だ。

もちろん、子供たちには辛さ控えめにしてあるよ。

夜の営業がはじまる前にササッと食べさせ、自分も軽く腹に入れ、それで終わりのはずだったのだけれど――。

「おいおい。うまそうな匂いがするじゃねぇか」

「今度はなにを作ってるんだい？」

パンの配送途中と思しきハンスさんと酒屋で店番をしていたらしいアンナさんが、勝手知ったる他人の家とばかりに店のドアを開けて入ってくる。表にはまだＣＬＯＳＥ《クローズ》の札が出ていたはずなんだけど……まぁ、ふたりにはあってないようなものだ。

カレーの匂いには勝てないよね。刺激的で複雑な香りは食欲をそそるし、落ち着かなくなるのもよくわかる。

「ふたりとも仕事の途中でしょうが」

苦笑いしながら仕込みの手を止めて出迎えると、ハンスさんが「しょうがねぇだろ」と顔を顰《しか》めた。

「道の向こうまでうまそうな匂いが漂ってんだぞ。みんなキョロキョロしてるから、俺が代表して様子を見に来てやったんだ」

「そうだったんですか。今日はね、賄いでカレーを作ったんですよ」

「カレー？」

「カレーってなんだい？」

ふたりが顔を見合わせる。

やはり、イアでは馴染《なじ》みのない料理らしい。どうりで材料を揃えるのに苦労させられたわけだ。スパイスひとつ買うにもマーケットや個人商店を回り、輸入業者、果てはキャラバンまで捕まえてやっとのことで入手したくらいだ。

でも、その甲斐《かい》あって、我ながらおいしいカレーができたんだよね。

「カレーっていうのは、インド……じゃなくて、えーと、つまり遠い国の食べもので……僕の故郷でもよく食べるんですけど、要はスパイシーなスープです」

「辛いのか」

「ええ。でも、味わい深くておいしいですよ。残りがあるんで食べてみます？」

「おう！　その言葉を待ってたんだよ！」

「まったく意地汚いねぇ。でもあたしももらうよ」

「おめぇもかよ」

「当たり前だよ」

威勢のいいふたりをカウンターに案内する。

ハンスさんのパンと一緒に、小さめの深皿によそって出すと、ふたりは興味津々という顔でカレーを見つめた。

「さぁ、どうぞ。そのまま食べても、パンを浸して食べてもおいしいですよ」

　ふたりがそろそろとスプーンを口に運ぶ。

　そして同時に目を丸くした。

「なんだこりゃ！　やべぇ辛さだ」

「こんな複雑な味のするスープ、生まれてはじめてだよ」

「あー、口から火が出そうだ。なのに止まんねぇ。すげぇもん作るな、おまえは」

「ナオは本当に天才だね。ポトフを食べた時にも思ったけどさ、あんた最高だよ」

「ちょっと。ふたりとも褒めすぎですってば」

　手放しの賛辞に耳まで熱い。

　そんな僕をよそにぺろりとカレーを平らげたふたりは、満足そうにお腹をさすった。

「いやー、毎日食いたいな、こりゃ」

「でも、毎日この匂いがしたんじゃ仕事になりゃしないよ」

「それもそうだな……。じゃあ、こうしたらどうだ。週に一度、カレーの日を設けるってのは」

「それだね！」

　なんか、ふたりの間でどんどん話が進んでいくんですけど。

　でも、カレーの日っていうと海軍さんみたいでちょっと楽しそうだよね。海上自衛隊は毎週金曜にはカレーを食べるんだっけ。

「……ってことで、いいいな。ナオ」

「へっ？」

「週に一度、カレーの日ができるって町のみんなに伝えておくからよ。おまえは気張って拵えてくれ」

　思わず噴き出した。

「んもう！　ふたりとも、意気投合するとほんと話が早いんだから」

「いいだろ？」

「そんなに楽しみな顔をされて、僕から『嫌だ』なんて言いませんよ」

「よっしゃ！」

　ふたりが勢いよく拳を突き合せる。

　まったく、そんなところまで息ぴったりなんだから。

「ちなみにこれ、どうやって作るんだい？」

　アンナさんが興味深げにカウンターの中を覗きこんできた。

「作り方を聞いたところで自分にできるとは思えないけどさ。気になっちゃって」

「そんなに難しくないんですよ。皮なしの緑豆を洗ったらお鍋に入れて、たっぷりの水とスパイス、それにマールやラウロネ、ディール、ガランを加えて煮ます」

　マールはトマト、ラウロネはグリーンチリ。タマネギによく似たディールや、この世界のショウガことガランなんかも入れる。

　ちなみに煮込み時間は、なんと豆が煮崩れるまで！

　それによって甘みも加わりおいしくなるのだけれど、鍋につきっきりでいなければいけないのでちょっと大変だ。僕は時空魔法があるので一瞬だけど、話を聞いたアンナさんは眉間にググッと皺を寄せた。

　……ですよねぇ。

「煮てる間に油で香辛料を順番に炒めて、いい焦げ色がついたら鍋に加えます。仕上げにバターオイルを加えれば完成ですよ」

「はぁ、なるほどね。おいしいわけだわ」

「俺にはちんぷんかんぷんだが、ナオがすごいってのはわかったぞ」

　そこへ、匂いにつられた常連さんたちが入口から中を覗きこんできた。

「おい。なんだかうまそうな匂いがするな」

「あ、ハンスじゃねぇか。おまえ抜け駆けしやがったのか」

「アンナ。あんた、自分の店放り出してなにやってんだい」

　ハンスさんたちが笑いながら立ち上がる。そしてそれぞれ、カレーのおいしさについて熱弁をふるいはじめた。

　……あ、この流れはヤバイ。

みんなの期待のこもった目がこっちを見てる。

「ナオ」

「はい」

「今夜、さっそくカレーの日にしよう！」

ああ〜〜〜言うと思った〜〜〜！

「仕込み、まだ途中だろ？　いけるだろ？」

「どうしてハンスさんがそこまで把握してるんです」

「俺はなんでもお見通しだからな。というわけでナオ、頼んだぞ」

「もう。わかりましたよ。今日はちょうど金曜日ですしね」

「うん？　なんだって？」

「いいんです。こっちの話です。じゃあもう、毎週五日目はカレーの日ってことで！」

「おい！　聞いたかみんな。毎週五日目だぞ！」

ハンスさんの言葉に「わー！」という歓声が上がる。

なんだか思いがけないことになった。

勢いで引き受けちゃったけど、よく考えたらこれなら賄いも一緒にできるし、カレーは子供たちも大好物だから案外良かったかもしれない。

あとはスパイスを定期的に買えるように、輸入商店さんに頑張ってもらわなければ。

それにはお店のご主人をカレーの日に招待すればいいかな？　だって、食べたらきっと気に入ってもらえると思うから。

「さて、それじゃ仕込みをします。すみませんが、皆さんは一度出てくださいね」

「おう。夜にまた来るぜ」

「楽しみにしてるからな、ナオ」

「はい。お待ちしています。……あ、ハンスさん。今からパンの追加って頼めます？」

「もちろんだぜ、兄弟。俺が言い出したことだ。最速で作って持ってくらぁ」

「ヴィヌマも追加しとこうか？　辛いスープには冷えたヴィヌマが合うはずだよ」

「アンナさんも。助かります。ぜひ」

「じゃあみんな、夜にリッテ・ナオに集合だ。腹ァ空かせて来てくれよな！」

ハンスさんの一声にその場の全員が笑顔で頷く。

今日もまた、にぎやかな夜になりそうだ。

5．CLOSE札と別れの予感

お店をはじめて、あっという間に半年が経った。

お客さんがクチコミで評判を広げてくれたおかげで順調に続けられている。

その間、たくさんのメニューが生まれた。

ベスティアの煮込みことポトフはみんなを驚かせたし、雛鳥のクリーム煮はマーケットで働く人たちに好評だ。トリッパとうずら豆のオーブン焼きもじわじわとファンを増やしつつある。

ピンクのフルーツサラダはお嬢さん方を虜《とりこ》にしたし、メノウのムニエルはお年を召した方に大受けした。子供の野菜嫌いに手を焼いているお父さんお母さんにはカラフル野菜のパンケーキが救世主になったようだ。

このあたりの冒険者で魔法のスープを知らない人はいないと言われるほどになったし、噂は近隣諸国にも届いているとか。毎週五日目は店の前にズラリと行列ができるほどイアの町にカレーの日も浸透した。

こんな未来が待っているなんて想像もしていなかった。

なにより、こんなかわいい子供たちと一緒に暮らせるようになるなんてね。

今日も元気に鼻提灯を出して寝ているリーとルーを見ながら、僕はそっと目を細める。

一日の仕事を終えて二階に上がり、先にベッドで眠っているふたりの寝顔を眺めるのが今の僕の一番の癒やしだ。忙しさで毎日ヘトヘトだけど、一日の終わりにこんなご褒美が待っていると思えば頑張れる。

むにゃむにゃと寝言を言うリー。

口の端からヨダレを垂らすルー。

尖った耳の先に触られるとくすぐったいようで、まるで猫のように耳をひょこひょこ、ぴるるるっと動かす。

そのかわいいことといったら……！

思わず声を上げそうになるのをグッとこらえて、ルーのヨダレを拭ってやった。

親探しはできなくなってしまったけど、こうして出会ったのも大切な縁だ。これからは僕がふたりを立派に育てよう。人間社会で生きていくためのルールや知恵を教えよう。

ふたりには、エルフとしての素晴らしい力がある。毎日のように採取に行っているから経験値を積んで魔力もどんどん上がっている。大人になる頃には、ふたりとも立派な魔法使いになっているだろう。

それなら、ギルド登録した方がいいのかも？

ふとそんなことを思いついた。

この町に来たばかりの頃は、「すぐに森に帰るだろうから」と登録しないでおいたけど、腰を落ち着けるなら身分証は必要だ。町を出入りする時は必ずいるし、珍しいものを売り買いする時もお互い後ろ暗いところがないか確認し合うのが当たり前だから。

あ、でも待てよ。そうすると採取のノルマが三倍になるな……。

すぐさま「やだ、最高じゃないですか！」とほくほく顔のウルスラさんが脳裏を過《よぎ》り、思わず噴き出してしまった。

今でもギルドには充分貢献してはいるんだけどね。

でも、これだけの力を持つふたりを魔法使いとして登録したら、ウルスラさんのことだ。険しい山のてっぺんに生えている魔草だとか、百年に一度しか咲かない魔花の蕾《つぼみ》だとか、超難問の依頼を見つけてくるに違いない。

そういうのに興味がないわけじゃないし、なんだったら錬金術師の工房にお邪魔して、自分たちが採取したものがどんなふうに使われているのか見てみたくもある。

でも、それはもうちょっと後でいいかな。

だって、三歳の時は今しかない。

子供たちまで仕事をする必要はないと思うし、もっともっと毎日を楽しんでほしいから、ふたりはもうしばらく僕のカードにぶら下がっていてもらうことにしよう。

ブランケットを捲り、体温の高いふたりの間に滑りこむ。目を閉じればあっという間に身体がシーツに沈むような感覚があった。

今日もよく働いた。そしてしあわせな一日だった。

これからも、こんな日がずっと続きますように――。

ささやかな願いとともに意識は夢の中へと溶けていった。


翌朝、起きると身体が熱かった。

全身が重だるいし、喉もイガイガする。心なしか関節まで痛くなってきたような――完璧に風邪《かぜ》だ。疲れが溜まっていたのかもしれない。

「やっちゃったな……」

体温計がないので正確なところはわからないけど、額に手を当ててみる限り、ごまかしようもないほどの熱。

むしろ、体温計がなくて良かったかも……。

人間、数字を見ちゃうと余計に具合が悪くなったりするからね。今、三十九度だなんて言われたら絶対起き上がれない自信がある。

ぐったりしたままベッドから出ない僕を、子供たちもなにかあったと察したようだ。

「ナオ、どうしたの」

「ニャオ、ねむいの」

リーがそっと手を握ってくれる。

「ナオ、あっつい！」

「え！」

ルーも慌ててぎゅっと手を握ってきた。

「ほんとだ。あっつい！」

「びっくりさせてごめんな。風邪みたいなんだ」

「……か、ぜ……？」

ふたりは揃って首を傾げる。

あぁ、そうか。この子たちは風邪を知らないのか。

「えーっと……僕の身体の中に悪いやつらが入ってきたんだ。だから、身体はそいつらを倒すために戦ってる。それで熱くなってるんだよ」

「リーも、やっつける！」

「ルーも！」

「ありがとうな」

すかさず戦闘態勢に入ったふたりの手をやんわり握る。

頼むから、僕のお腹の上にジャンプしようとするのはやめてね。

「身体の中で起こってる戦いなんだ。だから、見守っててくれるとうれしいよ」

「でも……ナオ、くるしそう」

「ニャオ、いたい？」

「うん。少しね」

「リー、〈ヒール〉するよ」

「ルーもする。ルーもするよ」

ふたりはまたぴょんぴょん飛び跳ねる。

いてもたってもいられないんだろう。なんとかしなくちゃと焦っている顔がかわいくて、愛しくて、喉の痛みも忘れて笑ってしまった。

「ふたりともやさしいな。でも、今〈ヒール〉はダメだぞ。倒れちゃうからな」

昨日、作り置きのスープ用にたくさん魔力を使ってもらったばかりだ。

ステータスパネルを見る限りでは大丈夫そうだけど、これ以上魔力を削らせるわけにはいかない。

「今日は店を休みにしよう。アンナさんに頼んでおくから、なにか困ったことがあったら相談するんだよ」

「ナオ…」

「ニャオ…」

リーとルーが揃って不安そうな顔をする。はじめて森を出る時にも見せた、あのふにゃふにゃの顔だ。

「ごめんな。そんな顔させて」

ゆっくりとベッドの上に起き上がる。

途中、クラッと眩暈がしたのをなんとかこらえた。子供たちに弱った姿を見せたくないのもあったけど、とにかく不安にさせたくなかった。

この子たちには僕しかいない。

頼るべき大人が弱っている姿を見たら怖くなる。

だから気力をかき集めてベッドから降りると、ふたりの頭をやさしく撫でた。

「大丈夫だよ。今日はお休みの日だ。ゆっくり寝たら治るから」

「……ほんと、に？」

「ニャオ、なおる？」

「うん。ちゃんと治るよ。治さなきゃ。リーとルーと、またお店をやりたいからな」

「ん！」

「ん！」

ようやく笑えるようになったふたりと一緒に身支度を調える。

いつもならここで『お着替え追いかけっこ』がはじまるところだけど、具合の悪い僕を気遣ってか、ふたりとも神妙な顔つきで服に袖を通した。

「リー、自分で着られて偉いな。ルーも、自分で靴下穿けて偉いぞ」

「できるよ！」

「ルーも！」

「よし。じゃあ、顔を洗ったら朝ごはんにしよう」

壁を伝いながらなんとか一階に降りる。

いつものようにパン粥を作ってあげたいところだけど、立っているだけでもフラフラするので作り置きのパンケーキで凌《しの》ぐことにした。こんなこともあろうかと、多めに焼いて冷凍保存ならぬマジックバッグ保存しておいたのだ。

ふたりに食べさせた後は、アンナさんのところに顔を出す。

いつものように鼻歌を歌いながら出てきた彼女は、僕を見るなり顔を顰《しか》めた。

「どうしたんだい。ひどい顔色じゃないか」

「朝早くからすみません。実は、熱がちょっと……」

アンナさんが額に手を当ててくる。

「あんたは寝てな。あたしが全部やっとくから」

「あ、あの」

「心配いらないよ。困った時はお互いさまさ。子供たちなら家に泊めて面倒見とくから、あんたは身体を治すことに専念しな」

「すみません」

「朝ごはんは食べた？」

「それが……あんまり食欲がなくて」

「それでもなにかお腹に入れた方がいいよ。ディンケル小麦のお粥、作って持っていってあげようか」

「いえ、そこまでは……。それに、ポトフの残りならあるんです。あたためて食べます」

「本当かい？　ちゃんと食べるんだろうね」

「アンナさんの顔を見たら、ほっとして食欲が湧いてきました」

「あはは。なんだい、それ」

アンナさんが明るい声を立てて笑う。

「ナオは頑張り屋だからね。働きすぎて身体を壊しちまう前に熱が出て良かったんだよ。忙しくしてたもんねぇ。でも、身体を休めるのも仕事のうち。周囲を頼るのもご近所づき合いのうちさ」

「アンナさん……」

「みんなにはあたしから言っとくから安心をし。ハンスの配達も止めなくちゃね。それとマーケットで約束してるものはあるかい？」

「実は、肉屋さんにトリッパをお願いしていて……それから、ギルド長のユルゲンさんにベスティア狩りで成果が出たら買い取らせてほしいと言ってあります」

「よしきた。任せときな。どっちにも事情を伝えておくよ」

「本当にすみません。なにからなにまで……」

頭を下げかけたところで、その重さに耐えきれず足下がふらつく。

自分の身体が自分のものじゃなくなったみたいだ。アンナさんが支えてくれなかったら地面に倒れていたかもしれない。

「言ったろ、お互いさまだって。いつもおいしいものを食べさせてもらってるし、うちの酒も出してもらってるしね。持ちつ持たれつさ。とにかく今は安心して寝ておいで」

「ありがとうございます。アンナさん」

おかげで今日のところはなんとかなりそうだ。

それで力を使い果たしたのか、家に帰ってベッドに横になるなり、僕はあっという間に意識を手放した。熱で朦朧《もうろう》としていたせいもあったろう。

そうしてどれくらい眠っただろうか。

夜中にふと目を覚まして、子供たちがいないことにハッとした。

「リー？　ルー？」

けれどすぐに、朝の経緯を思い出してほっと胸を撫で下ろす。

そうだ。アンナさんに預かってもらってるんだった。あのままだったら僕が起きるまでお腹を空かせて待たせてしまっていたところだ。

ふたりは今、どうしているだろう。

知らない人たちではないとはいえ、はじめてのお宅で借りてきた猫みたいになっていやしないだろうか。

……ごめんな。リー、ルー。

早くふたりを抱き締めてあげたい。

また店を開けて、みんなと楽しい時間を共有したい。

そのためにも、早く元気にならなくちゃ。

僕は吸いこまれるようにしてまたも眠りに沈んでいった。

『――――ナオさん。大丈夫ですか、ナオさん』

覚えのある声にゆらゆらと意識を揺さぶられる。

目を開けると、そこは乳白色の世界だった。

……あ、これ夢だ。時々あるんだよな、夢だってわかるの。

珍しくなってキョロキョロと辺りを見回していると、すぐ近くからもう一度『ナオさん』と呼ばれた。

見れば、純白の長衣を纏った……男の子？　女の子？　えーと、どっちだろう。すごくきれいで中性的な顔立ちの、ほっそりとした子が立っている。

プラチナの長い髪にペールグリーンの瞳。年は十五、六歳ぐらいだろうか。

その子は僕と目が合うなり、うれしそうに『うふふ』と笑った。

『夢の中に出張して来ちゃいました』

「そっ、その声……もしかしてランラン⁉」

嘘だろ！　こんなビジュアルだったなんて……！

僕の中では『おっちょこちょいのチビ天使』だ。鼻水垂らして号泣もすれば、床に頭を擦りつけて土下座もする。ついでにひどい腰痛持ちの散々なスペックだったはずなのに。

それが！　これって！

「ひえぇ……」

ビジュアル詐欺《さぎ》もいいところだ。

『そんなことないですよぅ。ナオさんの想像、いい線いってましたよ。なんなら今ここでやってみましょうか？　きっと想像通りだと思います！』

元気よくスライディング土下座をキメようとするランランを慌てて止める。

「やめて。お願い。僕の夢を壊さないで」

大慌ての僕を見て、ランランがきょとんと首を傾げた。

変な言い方だけど、そうやって微笑んでると本当に天使なんだよね。なんなら後光まで差して見える。そんな神々しい人に土下座なんてさせるわけにはいかない。

「それより、どうかしたの？　夢にまで出てくるなんて」

『あっ、はい。……それが…………』

ランランが珍しく言い淀《よど》む。

しばらくもじもじと下を向いていた彼だったが、やがて意を決したように顔を上げた。

『ナオさん！　ぼく、大事なことに気づけなくてすみませんでしたぁぁ……！』

大声で叫ぶなり、その場にべしゃっと平伏す。

……土下座だね。それも、これ以上ないほどの。

「ランラン。ちょっと、ランラン！」

『わあぁん！』

「頼むから起きて。あと泣かないで。頭と耳の両方に響く！」

そうなんだ。

いつもなら直接頭の中に届くランランの声だけど、こうして向かい合っているからか、耳からも普通に聞こえてくる。つまり、ダブルで煩い！

「大事なことって？」

問いかけると、すんすんと鼻を啜りながらもやっとのことで泣き止んでくれた。

『エルフの、子供たちのことです……』

「リーとルーになにかあったのか」

『あっ、いいえ。今からなにかあるって話じゃなくて、その……ナオさんがあの子たちを見つけた時に、もっと落ち着いて考えれば良かったって……』

ふたりを親元に連れていけないか相談した時のことだ。

『あの時、ぼくはあの子たちは親から逸れたんだと思っていました。親も子も散り散りになってしまったんだって。でも、エルフが生まれ育った森で再会できないなんておかしい。その時点でもう答えは出ていたんです。でも、ぼくはそこまで気が回らなくて……』

ランランの声が沈んでいく。

『エルフの村がどうなったか、冒険者たちが話すのを聞いてハッとしました。ナオさんに申し訳ないことをしてしまったと……。あの子たちの親探しをすることも、ここで生きるモチベーションのひとつだったでしょうから……』

話すうちに俯《うつむ》いていったランランは、最後は見る影もないほどしおしおと項垂れた。

きっと、ずっと気にしてたんだろうな。そういうのを黙っていられないのもランランらしいところだ。

「そんなにしょげるなよ。ランランのせいじゃないだろ」

『でも……』

「僕だって不思議に思うことはあったよ、正直ね。それでも親を探そうとしたのは僕だ。ラインハルトさんたちから聞いた話は確かにショックだったけど、それが事実なら受け止めなくちゃ。……それに、辛いのは僕じゃない。あの子たちだ」

『そう、ですね』

「だからさ。これからは、僕が親代わりになってふたりを育てていこうって決めたんだ。それなら、勇者と間違えて僕を召喚したランランのやらかしも少しは報われるだろ？」

『ナ…、ナオさん……っ！』

ランランが再びわっと泣き出す。

『ぼ、ぼく……ぼくっ、なんとお礼を言ったらいいか……っ！』

「うんうん。わかったわかった。わかったから泣き止んでっ」

『ごめんなさい〜〜でも止まらないんですぅ〜〜』

滝のようにダバダバとうれし涙を流すランランを見ていたら、すっかり毒気が抜かれてしまった。

べしょべしょになった顔をタオルで拭い、鼻をかませ、嗚咽《おえつ》が収まるまでトントンと背中をさすってやる。まるで三歳児のお世話そのものだ。

まぁでも、裏表がないのがランランのいいところだからな。

『ほんとですか！』

すかさずランランが顔を上げる。

こんな時、心の中で思ったことが筒抜けなのは果たしていいのか、悪いのか。

『いいことですよ。だってうれしいです。へへへ』

鼻の頭を真っ赤にしながらランランが照れくさそうに笑う。

あーあー、せっかくのビジュアルがもったいない。

それでもうれしそうな姿を見ているうちになんだか力も抜けてきて、僕も一緒になって笑ってしまった。

「少し話し疲れたから寝ようかな……ってこれ、夢だった」

『ぼくなら消えますから、ナオさんはそのままお休みください』

「夢の中で『お休みください』って言われるのも変な話だよね」

顔を見合わせてくすりと笑う。

『ナオさん。早く元気になってくださいね。ぼくでお役に立てることがあったら遠慮なく呼んでください。水汲みでも、荷物運びでも』

「そんなことしたらランランのぎっくり腰が再発しちゃうだろ」

『う……』

「僕なら大丈夫だから。見守っててよ。ね？」

『はい。わかりました。それなら得意です。お任せください！』

キーン！！！

まったくもう。うちの神様は、こと声量に関しては学ばないんだから！

でもまぁ、楽しいからいいか。

「じゃあ、ランラン。おやすみ」

『はい。おやすみなさい。ナオさん』

最後に『早く治るように、ぼくの眷属《けんぞく》にしておきますね』と聞こえたような気がする。

けれど、それを確かめる間もなく意識は遠退き、それきり僕は眠りに落ちた。


丸一日眠ったおかげで、次に目覚めた時にはずいぶんと身体が楽になっていた。

それでもキッチンに立つのはまだ難しく、店のドアにはＣＬＯＳＥ札がかけてある。

毎日にぎやかだったリッテ・ナオが急に静かになったことで、心配した顔馴染みたちが入れ替わり立ち替わりやってきてはあれこれと世話を焼いてくれた。

アンナさんはリーとルーの面倒を一手に引き受けてくれたし、ハンスさんはディンケル小麦をここぞばかりに差し入れしてくれた。

マーケットのおばさんは「身体にいいよ」と採れ立てのフルーツをどっさり持ってきてくれたし、輸入業者のおじさんは「煎《せん》じて飲め」と魔虫の炭焼きを置いていった。

ギルドを代表してウルスラさんまでお見舞いに来てくれたほどだ。

イアの人たちに恩返しをしようと思っていたのに、これじゃ助けてもらってばかりだ。

困惑する僕を、ハンスさんは「遠慮すんなって」と笑い飛ばした。

「水くせぇことは言いっこなしだぜ、兄弟」

「ほらね。困った時はお互いさまって言っただろ。この人、世話を焼くのが好きだから」

「おまえもだろうが」

「あんたにゃ負けるよ」

笑いながら張り合うふたりには救われてばかりだ。

アンナさんと一緒に様子を見にきてくれたリーとルーも、濡らしたタオルを替えたり、かわいい花を摘んできて飾ったりと、一生懸命看病してくれた。

「ナオ。はやく、げんきになってね」

「ニャオ。またいっしょに、あそぼうね」

そんなやさしい言葉を胸に一日のほとんどを眠って過ごし、目が覚めたらスープで腹を満たしてまた眠る。

それを何度かくり返すうちに、ようやくのことで回復の兆《きざ》しが見えてきた。

こんなに長く伏《ふ》せったのはいつ以来だろう。お医者さんにもかからずに治ったし、ランランの眷属化？　が効いたのかもしれない。

そういえば、あの夢、本当だったのかな。

いまだにランランを思い出すといたたまれない気持ちになる。

だってあの子、豪快に鼻垂らして泣いたんだよね……あのビジュアルで……。

そう思った途端、頭の片隅で「はっくしょん！」とくしゃみが聞こえた。

……あ、聞こえてた。

笑いながら僕はベッドの上に身体を起こす。

「うーん。よく寝た……っていうか、寝っぱなしだったもんな」

おかげで今が昼か夜かもわからない。

窓辺まで歩いていって鎧戸を開けると、眩い光がサッと差しこんできた。爽やかな風に乗ってマーケットからはいい匂いまで漂ってくる。

ということは、今は昼時か。

そう思った途端、空っぽの胃が「ぐうう」と鳴った。

数日の間ずっとスープだけで凌いでいたから、身体が猛烈に食べものを欲している。

軽くなにか作ろうか。それなら、子供たちも一緒にどうだろう。

「よし」

そうと決まればさっそく仕度だ。

手早くベッドを直して身支度を調え、顔を洗って一階に降りる。

ふたりを迎えに行こうと外に出たところで、タイミング良くお向かいのドアが開いた。

「アンナさん」

「おや。起きて大丈夫かい」

「ナオ、おきた！」

「ニャオ、なおった？」

リーとルーが駆け寄ってくる。僕はその場にしゃがんで待つと、力いっぱい抱きついてくる子供たちを両手を広げて受け止めた。

「おはよう。リー、ルー」

「もう、こんにちはだよ」

「あ、そうか。もうお昼だもんな。ごはんは食べた？」

「たべた！」

ありゃ。でも、それもそうか。

「これから散歩に連れていくところだったんだよ。あんたが起きてくるってわかってたら待ってたんだけどねぇ」

「いえいえ。長々とご面倒をおかけしました。本当にありがとうございました」

立ち上がってぺこりと頭を下げる。

「近々店を再開しようと思います。その前に、アンナさんのお家の皆さんのご都合さえ良ければご招待させてください。好きなものを、好きなだけご馳走《ちそう》させてほしいです」

「やだね。そんなこと気にしなくていいんだよ」

「気持ちですから。それにほら、持ちつ持たれつって言うでしょう。今度は僕がお礼をする番です」

「まったく……義理堅いんだから」

アンナさんは苦笑いしながらも、「わかったよ」と招待を受けてくれた。

「そんじゃ、またクリーム煮を頼むよ。すっかりあれの虜《とりこ》でねぇ」

「お任せください！　たくさん作ってお待ちしています」

あたたかい笑顔とともにアンナさんが家に戻っていく。

それを見送って、僕はあらためて左右の手をふたりに伸ばした。

「おかえり。リー、ルー」

「……！」

「……！」

子供たちがハッと口を開ける。

やっと家に帰れるんだとようやく気がついたようだ。ふたりはみるみる笑顔になると、もう一度、ぼふっと音を立てて胸に飛びこんできた。

「ナオ！　ナオ！」

「うんうん。心配かけてごめんな。もう大丈夫だから」

「ニャオといる！　ルー、ニャオがいい！」

「そうだな。僕もだよ。また三人で一緒に暮らそうな」

金色の髪をぐりぐりと撫で回し、それからぎゅーっと抱き締める。

ふたりはきゃっきゃっと笑いながら「くるしいー！」「うれしいー！」と大はしゃぎだ。

通りを歩く人たちもそれを見て笑みを浮かべた。

「よう、ナオ。身体はもういいのか。無理はすんなよ」

「長く伏せってたじゃないか」

「ありがとうございます。お騒がせしました。近いうちにまた開けますから」

声をかけてくれるのがうれしくて、僕はあちこちに向かって頭を下げる。

子供たちもそれを真似してお辞儀をしては、かわいらしいと笑顔を誘った。

もうすっかりこの街のアイドルになったふたりだ。自慢の子供たちの頭を撫でながら、僕はもう一度ふたりの前にしゃがんで目を合わせた。

「リーとルーにはずいぶん心配かけちゃったし、今日は三人で楽しく過ごそう」

「ん！」

「ふたりはなにがしたい？　さっきアンナさんがお散歩に連れていくって言ってたから、森でも散策しようか。それともマーケットに行ってみる？」

ふたりは揃って首をふる。

「ナオといる」

「うん？」

「おうちにいる」

「お家でいいのか？　どこにも行かないで？」

「ん！」

揃って僕の袖をぎゅうぎゅうに握り締めるものだから、もう少しで前につんのめるところだった。どうやら決意は固いようだ。

「わかったわかった。それじゃあ、三人でおやつ作ろうか」

ふたりの顔がぱあっと明るくなる。

「おおおおやつ！」

「つくるつくるつくる！」

「よーし。とびっきりおいしいの作るぞー！」

「おー！」

「おー！」

かわいい応援団と一緒に拳を突き上げる。

さっそく家に入って準備を……と立ち上がったその時、後ろから「すみません」と声をかけられた。

ふり返れば、見慣れない男性が立っている。

ガリガリに痩せて青白い顔をした、こう言ってはなんだけど、お世辞《せじ》にも健康そうには見えない人だ。落ち窪《くぼ》んだ目でひたりと笑いかけられて妙な居心地の悪さを覚えた。

子供たちはすぐに僕の後ろに隠れる。

「なんでしょう」

男性は薄い笑みを絶やさず、ゆっくりとこちらへ近づいてきた。

「リッテ・ナオのご主人でいらっしゃいますか」

「そうですが……あ、もしかして食堂や宿をお探しですか？　すみませんが今は休業中なんです。なので、どこか別の……」

「あなたが、その子たちを森から連れ出したと聞いて」

男性が不意に身を乗り出してくる。

「俺の子を連れ去ったのはおまえかと聞いている」

耳元で囁かれた瞬間、まるで毒を飲まされたかのように目の前がぐにゃりと歪《ゆが》んだ。

「……っ」

とっさに耳を手で覆う。

けれど彼は、逃がさないというように僕を睨んだ。

すぐに目に見えない手が身体の中に入りこみ、腸《はらわた》を掻き回されるような感覚に苛《さいな》まれる。

あまりの気持ち悪さにガタガタとふるえながら僕は必死に目を逸らした。

なんだ、これっ……！

心臓が早鐘を打ち、冷や汗が流れる。突然の緊急事態に指先は冷たくなるばかりだ。

落ち着け。子供たちがいる。僕がしっかりしなければ。

目を閉じて深呼吸し、心を落ち着かせてもう一度顔を上げる。

けれど、向けられたのは胡乱《うろん》な眼差しだった。

「………効かない、だと？」

「え？」

どういう意味だろう。

男性はチッと舌打ちすると、すぐにまた元の表情に戻った。

「少しお話ししたいことがあるのです。その子たちのことで」

そう言って、僕の足にへばりついているリーとルーをチラと見る。

「私は、ふたりの父親でね」

「えっ」

嘘だろう？

だって、エルフの村は完全に破壊されたはずだ。ラインハルトさんたちが実際にその目で見たと言っていた。

それなのに、お父さんは生きていた……？

確かに、よく見れば彼は先の尖った耳をしている。エルフだ。

にわかには信じがたい話に目を泳がせる僕に、男性が距離を詰めてくる。

「こみ入った話になります。人に聞かれるのもなんでしょう。中へ入れていただけますか」

「……そう、ですね。わかりました」

彼が近づいてきたからか、子供たちが僕のズボンをぎゅっと握った。

そうだ。この子たちに聞かせるのはまだ早い。

僕はふたりの前にしゃがみこむと、落ち着かせるようにゆっくりと頭を撫でた。

「ごめんな。大事なお話をすることになったんだ。ふたりは二階で待っててくれるか？」

「ナオ…」

「ニャオ…」

「大丈夫。すぐに済む。それが終わったらおやつにしような」

ふたりは渋々頷くと、揃って二階に上がっていく。

男性を店に招き入れ、テーブル席に座ってもらった。

いつもなら子供たちに火を熾してもらってお茶を入れるところだけど、今日のところはしかたない。今から薪をふうふうやるのもなんなので、作り置きのシードルをマジックバッグから取り出すとカップに注いで差し出した。

「どうぞ」

「へぇ。時空魔法ですか」

「どうして、それ……」

「常温で保存すれば、あっという間に変質してしまうものですからね。マジックバッグをお持ちなのでは、と」

鋭い指摘にギクッとなった。

イアの人たちは僕が魔法を使うことも、マジックバッグを持っていることも知っているから、つい、いつもの調子で警戒せずにいた。

それを一発で見抜くなんて、この男、何者だ……？

男性はシールドを一口飲み、ニヤリと笑った。

「申し遅れました。私はロッドヴァルトと申します」

「僕はナオです」

「ええ。お噂はかねがね」

ロッドヴァルトさんが品定めをするように店内を見回す。

「いい店だ。繁盛《はんじょう》しているそうですね。私の滞在した町にまで噂が聞こえてきましたよ」

「それは、どうも……」

「営業は昼と夜ですか？　店員は何人ほど？」

「おっしゃるとおり、昼と夜です。店員はいません。全部僕が」

「おや。それは大変だ。何人か雇ってもいいくらいでしょう」

「忙しい時もありますが……まぁ、なんとかやってます」

「ほう。それは大したものだ」

のんびりとカップを傾けながら、ロッドヴァルトさんがクイと片眉を跳ね上げた。

「それで、儲《もう》けはどんなものです？　もう借金は払い終えましたか」

「借金なんてありませんよ」

「では、どうやって店を？」

「居抜きで引き継いだんです。前のオーナーがお店を畳もうとしていた時に偶然出会って、それで……」

そこまで答えて、ふと我に返る。

「いや。店のことより、あの子たちの話をしましょう」

「おっと、これは失礼」

ロッドヴァルトさんは芝居がかった調子で肩を竦《すく》めた。

「急に父親という男が現れて、あなたが動揺していらっしゃるんじゃないかと」

「それは……確かにそうですが、でも、僕にもいろいろ訊ねたいことがあります」

「どうぞ。なんなりと」

余裕たっぷりに両手を広げられる。

どうもあんまり好きになれないタイプだ。……けど、そうも言っていられない。

僕はもう一度深呼吸をすると、思いきって彼の目をまっすぐ見つめた。

「あの子たちと出会ったのは半年前――森で迷子になっているところを見つけました。お父さんやお母さんのことを訊ねてもふたりとも首をふるばかりで……それでしかたなく連れてきたんです。まずは、それをご理解いただければと」

「ええ、もちろん。あなたを人攫《さら》いだなんて思いませんよ」

良かった。ここで揉めたら目も当てられない。

「ふたりを保護してからは親探しをしていました。この町の人なら誰でもふたりの事情を知っています。ご近所さんやギルド関係者、それから冒険者たちにも訊ねて回りました。その中で、エルフ族のことを聞いたんです」

「聞いた？　誰から？」

「冒険者のパーティです。オーガを討伐した方がたまたま店に立ち寄ってくれて……」

「ほう」

ロッドヴァルトさんの目がギラリと光る。

「冒険者の方から、エルフの村はひどい状態だったと聞きました。もう誰もいなくなってしまったと……。だから、あの子たちは僕が育てなければと思っていたんです」

「なるほど。そういうことでしたか」

カップを置いたロッドヴァルトさんは何度か頷き、遠くを見るように目を細めた。

「オーガが攻めこんできた時、村はひどいパニックになりました。……わかるでしょう。あちらは凶暴な魔物、対してこちらは戦闘なんてしたこともない、か弱い生きものです。逃げ惑うしかなかった」

村のいたるところに火が放たれ、隠れていたエルフはひとり残らず炙り出された。

逃げるものは後ろから襲われ、勇敢にも立ち向かおうとするものは正面から討たれて、仲間が次々殺されていくのをどうすることもできずに見続けるしかなかったという。

「妻と子供たちを連れて無我夢中で逃げました。瓦礫《がれき》を掻き分け、死んだ仲間たちの屍を越えて、まだ助かるかもしれない命を見捨ててそれでも逃げるのは辛かった……。でも、私には家族を守ることしかできないのだと」

だが途中で、妻がオーガに捕まった。

彼女は己の最期を悟り、「どうか子供たちを！」と夫に託した。

「私は子供たちの手を取って、ふり返らずに逃げました。妻の声が…今も耳に……」

「なんてこと……」

「やっとの思いで村を抜け、崖に出ました。身体の大きな魔物は歩くことのできない秘密の抜け道です。子供たちを先にやり、私はオーガが来た時のために待ち伏せしました」

もしもここで見つかったら、オーガは崖そのものを崩してでも子供たちを殺そうとするだろう。だから自分が身を挺《てい》して守らなければならないと覚悟を決めたのだという。

「道を渡りきったふたりに『先に行け』と言いました。必ず後から行くからと。……でも、そこでオーガに追いつかれて……」

「どうなったんですか」

「オーガ諸共《もろとも》、奈落《ならく》の底に」

「……！」

「幸《さいわ》い、崖の下に木が張り出していましてね。私はその枝先に引っかかって九死に一生を得たわけです。身体の重いオーガたちは皆、崖の下に真っ逆さまでしたよ」

「そう、だったんですね……」

どうりで、子供たちだけでいたわけだ。

そんな悲惨な光景を目の当たりにしたら両親のことなんて話せないだろう。

「大変でしたね。でも、助かって本当に良かった」

「子供たちに再会することだけが私の生きる目的でした」

ロッドヴァルトさんが目を細める。

「方々を探し歩いて……そんな時です、ある繁盛店にエルフの双子がいると聞いたのは。親を探しているという。これはと思いました」

そして今日につながったのだと言う。

そうか。親探しをしてきたことは無駄じゃなかったんだ。

ランランの気がかりもこれできれいに消えるだろう。

孤児になりかけた子供たちは、これからはお父さんと親子三人で暮らしていくのだ。

それはつまり――。

リーとルーが、いなくなる……？

「あ…」

気づいた瞬間、ゾクッとなった。

……でも、そうだよな。本物のお父さんが迎えにきてくれたんだもんな。

ごくりと喉を鳴らして唾を飲みこむと、僕は大きく息を吸いこんだ。

この世界に召喚されてからずっと一緒にいたから、子供たちと離れるのはとても辛い。

あんなに懐いてくれたふたりだ。僕がいなくなったらきっと寂しがりもするだろう。

でも、まだ幼いリーとルーにとって一番いいのは実の親と暮らすことだ。これでもう、ふたりは「迷子のエルフ」なんて呼ばれずに済む。

「ロッドヴァルトさん。あの子たちのこと、どうかよろしくお願いします」

「ナオさん？」

「こんなこと、僕が言うのもおかしいですよね。でも、たとえ半年間でも一緒に暮らした大好きな子供たちなんです。だから、寂しいけどうれしくて……本物のお父さんが来てくれて、ふたりも安心したと思います」

さっきはいつもの人見知りを発揮していたけれど、あれもきっと一時のことだ。

崖から落ちて死んだと思っていた父親が急に目の前に現れたのだ。混乱して怖がったとしても無理はない。

「ナオさん。あの子たちと離れるのがお辛《つら》いのでは？」

「そう…、ですね。正直に言えばすごく辛いです。でも、僕のことはお気遣いなく……」

「それなら」

やや強い口調で語尾を奪われる。

「私にひとつ提案があるのですが。……私を雇っていただけませんか？」

「え？」

「私は村を焼け出され、宿屋を転々としてきました。もう森へは戻れませんし、わざわざエルフを雇おうという店もありません。もしもここで雇っていただけるなら身を粉にして働きます。お金の管理ならお任せを。必ずや店を大きくするとお約束しましょう」

まるで立て板に水だ。

そしてまさか、経営に関わりたいと言われるとは思いもしなかった。

「えーと……」

「もちろん皿も洗いますし、テーブルも拭きます。火熾《ひおこ》しだってお手のものです」

「いや、それは生活魔法でやればいいんじゃ……？」

「生活魔法？」

「ええ、あの子たちみたいに」

魔法はもはや生活の一部だ。なかった頃には戻れないほど毎日助けてもらっている。

「ふたりとも、本当に上手に魔法を使いますよ。エルフならみんな生まれつき使えるものなんですよね？」

「え？　……あぁ、そう。そうなんです。身近なことでうっかりしていました」

「あなたがいるなら、子供たちに手伝ってもらっていたことは全部交代できそうですね。宿の掃除やリネンの洗濯、それに店の掃除なんかも」

「えっ」

「多すぎますか？　でも、魔力はほとんど消費しないみたいだし、大丈夫ですよね」

「は…、はは……」

「ロッドヴァルトさんに住みこみで働いてもらえれば、これからも子供たちと一緒にいられる。こんな解決法があるなんて考えもしませんでした」

雇用にはお金がかかるけれど、店は順調だし、なにより無理をしないで続けるためにも現実的な選択かもしれない。

「じゃあ、子供たちを呼んで相談しましょう」

二階に向かって声をかけると、ふたりはすぐさまドドドドッと階段を駆け下りてきた。よくその早さで足が動くな。まるで機関銃《きかんじゅう》みたいな音じゃないか。

「ナオー！」

「ニャオー！」

店内に明るい声が響き渡る。

けれど、まだロッドヴァルトさんがいたことに気づくなり、ふたりともバンザイの格好のままその場にカチンと固まった。

「そんなにびっくりしなくてもいいだろう。聞いたぞ。ふたりのお父さんなんだって？」

「？」

「？」

ふたりは弾《はじ》かれたようにこちらを見、それからロッドヴァルトさんを見、もう一度僕に視線を戻す。青い目は揃ってまん丸だ。

「そっか。辛いことがあったもんな……。思い出せないか？」

「ちがう…」

「焦らなくても大丈夫だぞ」

「ちがうの…」

僕の後ろに隠れたリーがぎゅっと服を摑んできた。反対側からはルーもだ。

……あれ？　どうした？

心細い時の声になってる。

それに、縋りついてくる力もだいぶ強い。

ふたりのただならぬ様子に僕は首を傾げながらその場にしゃがんだ。

いくらショッキングな出来事だったとはいえ、親子が生き別れになったのはわずか半年前のことだ。再会してすぐは驚いたり、怖がったりしたとしても、ずっとこの調子なのはどういうことだろう。

それでも、ふたりがわざとやっているとは思えない。

それなら気持ちを落ち着かせるために、ちょっと一呼吸置いてみようか。

「ふたりとも、ジュース飲むか？　リンゴのやつだぞ。好きだろ？」

頭を撫でてやると、ふたりはおずおずと顔を上げる。

その表情は戸惑い半分、でもうれしさ半分ってところかな。うん、正直でよろしい。

「じゃあ、座って待ってな。ロッドヴァルトさんも、どうぞ」

あらためて四人がけのテーブルを勧め、僕はカウンターの向こうに回る。

そうしてふたりの小さなコップによく冷えたジュースを注ぎ、ロッドヴァルトさんにもシードルのお代わりを添えて持っていくと、驚いたことに三人は仲良く笑っていた。

……え？

思わず目を疑った。

さっきまであんな雰囲気だったのに？

ふたりともすごく怖がって僕の後ろに張りついてたのに？

今や、子供たちはロッドヴァルトさんの言うことに頷き、驚き、きゃっきゃっと歓声を上げている。まるで狐に摘まれた気分だ。

「ずいぶん、にぎやかになりましたね」

「ふたりとも、やっと私を思い出してくれたようです」

「そうですか。……良かったな、リ……」

つい、いつものように「リー」「ルー」と呼びそうになり、慌てて口を押さえた。もう、この愛称は使えない。ふたりには本当の名前があるはずだから。

「ごめんな。なんでもないよ。良かったな、ふたりとも」

「ん！」

「ん！」

子供たちがうれしそうに「にぱっ」と笑う。

その得意満面の顔が大好きだった。

「これからは、ロッドヴァルトさんも一緒に住むんだ。ここで働いてもらうことになったんだよ。だから、お父さんとずっと一緒にいられるぞ」

「おとしゃん、いっしょ！」

「おとしゃん、うれしい！」

無邪気に笑うふたりの頭を撫でようとして、伸ばしかけた手を引っこめた。それさえも父親の前では図々しいような気がしたからだ。

胸がズキンと痛くなる。

でも、それは子供たちに気づかせてはいけないものだ。

「ロッドヴァルトさん。せっかくですし、この子たちのことを聞かせてください」

「この子たちの？」

「森でどんな暮らしをしてたのか、どんなことが好きなのか。それに、本当の名前も知りたいです。今は僕が勝手につけた愛称で呼んでいるので、それも正さなくちゃ」

「いやいや、そこまでしなくても……。ふたりも気に入っているのでしょう？」

「でも、お父さんがつけた名前で呼びたいでしょう」

「私はどちらでも。この子たちが気に入っている方で」

……いやいやいや。そんなことある？

僕まで目が丸くなる。

それなのに、ロッドヴァルトさんは些細なことと言うように笑うばかりだ。

「おまえたち、今の名前が好きかい？」

「すき！」

「じゃあ、これからもその名前で呼ぶことにしよう。それでいいね？」

「いいよ！」

「ルーも！」

ロッドヴァルトさんがこちらを見てにっこり笑う。

けれどどうしてだろう。落ち窪んだ灰色の目だけは笑っているようには見えなかった。

「それじゃあ、ナオさん。今日のところはこれで」

「え？　もう帰るんですか」

「お店のこともいろいろあるでしょうから。長居はしませんよ」

ロッドヴァルトさんが立ち上がる。

最後に握手をと目を合わせた瞬間、またも視界がぐにゃりと歪んだ。

「……っ」

透明のロープに身体を引っ張られるような妙な感覚に襲われる。踏ん張っていた足すら引き摺られてしまいそうで、僕は渾身《こんしん》の力をこめて無理矢理彼から目を逸《そ》らした。

まただ。

また、なにかされるところだった。

辛うじて近くのテーブルに摑まり、身体を支える。

チッという舌打ちに顔を上げた時にはもう彼はドアに手をかけていた。

「また来ますよ。……それまでいい子にしておいで。リートランド、ルートヴィヒ」

「おとしゃん、またね」

「またねー」

子供たちがバイバイと無邪気に手をふる。

こちらに軽く一礼したロッドヴァルトさんは、それきりふり返ることなく出ていった。

軋む扉を見つめながら、戦慄に身を強張らせる。

どうして、この子たちの名前を知っているんだ。

僕は一度も口にしなかったのに。「リー」とすら呼ばなかったのに。

「なんで……」

楽しげな子供たちを見つめながら、僕は長いことその場から動けずにいた。

6. 愛を伝える木苺《きいちご》のトルテ

もやもやとした気持ちのまま一夜が明けた。

ロッドヴァルトさんのことだ。住みこみで雇うという約束はしたものの、これからこの家で一緒に暮らすのかと思うとどうにも重たい気持ちになる。

今日も元気に裏庭を駆け回っているリーとルーは無邪気な天使そのものだ。

それなのに、あの子たちの名前すら捨てる親ってなんなんだ？

それに、初対面でお金の話ばかりしてくるのもなんだか気持ち悪かった。

「どう考えても怪《あや》しい、よなぁ……」

長い長いため息が洩れる。こんな時はあれだ。

「ねぇ、ランラン」

『はい。ナオさん』

いつものお悩み相談所の開設だ。

不審に思ったことを打ち明けると、ランランはすぐに『あれは魔法使いの仕業《しわざ》です』と断言した。

「魔法使い？」

『はい。それも、質の悪い黒魔術の使い手のようです』

「もしかして、急に目の前がぐにゃぐにゃになったのも、身体が引っ張られそうになったのも……？」

『操られそうになっていたんですよ』

げっ。マジか。

「でも、どうして効かなかったんだろ？」

『ナオさんが、ぼくの眷属だからです』

「眷属？」

『言ったでしょ、ぼくの眷属にしておきますって。ちゃんとステータスパネルにも出てるんですよ』

そういえば、そんなことも言ってたような……。

慌ててパネルを開いてみると、言われたとおり僕のステータスが更新されていた。

そこには「種族：人族。調和の神ランゲルベルトの眷属」と表示されている。

「うわ、ほんとだ。眷属になってる。しかもランラン、調和の神様だったんだ！」

『ふふふ。すごいでしょう〜』

ランランは得意げだ。

『ぼくはナオさんの守護者ですからね。背後霊のように、いついかなる時でもお守りしています！』

なるほど、それで僕はセーフだったのか。

反対に、子供たちは魔術にかかってしまったんだろう。それなら、急にロッドヴァルトさんのことを父親扱いしたのも頷ける。

「あの人、なにが目的なんだろう」

『ぼくにもよくわかりません。エルフでもないようですし……』

「えっ？　ほんと？」

耳の先が尖ってたのに？

首を傾げると、ランランは『んも～』と不満の声を洩らした。あ、これ絶対ほっぺたも膨らませてるやつだ。

『そういう時のためにステータスパネルがあるんですよっ』

「いやでも、人様のステータスを覗き見するのはちょっと……」

『魔草や魔獣は見るでしょうが。正体不明の相手には使ってもいいんです』

「う、うん。わかった」

珍しくランランにツッコミを入れられてしまった。これはこれで新鮮だ。

……じゃなくて。

今は、このもやもやを早いとこなんとかしないと。

「とはいえなぁ。相手の正体も不明。目的も不明。それでいて子供たちの父親を名乗って家に入りこもうとする――うーん、まるで意味わからん……」

それでも、このまま迎え入れちゃいけないことだけは直感でわかる。

さてどうしたものかと思っていると、ランランがこほんと咳払いをした。

『ナオさん。ラビネル草って知ってますか』

「ラビネル草？」

『食べると真実しか話せなくなるという魔草です。とても稀少なものなので、市場に出回ることはまずありません』

おっと、なんだかすごそうだ。

ステータスパネルを開いてみたものの、辛《かろ》うじてその項目があるくらいで、図説は疎《おろ》か、生育地の情報すらなかった。

真実しか話せなくなる魔草。

それがあれば、ロッドヴァルトさんに本心を語ってもらうことができるかもしれない。

幸い、また来ると言っていたから、その時に料理に混ぜて出せばいい。

「よし、それだ。それでいこう」

立ち上がると、ランランが慌てて『えっ』と声を上げた。

『ちょ、ちょっとナオさん。まさか今から採取に行くんですか。ひとりで？』

「いや、さすがにそこまで無鉄砲じゃないよ。どこに生えてるかもわかんないし、まずはギルドで相談してみる」

『あ、良かった……ナオさん時々とんでもないことするから……』

「なんて？」

『いえ、なんでもっ。とにかく、できるだけ情報を集めてください。できれば戦いに慣れた方とパーティを組んだ方がいいと思います。道中なにがあるかわからないので』

なるほど。これは思った以上に大事になりそうだ。いつもはのほほんとしたランランがここまで言うんだから、一筋縄ではいかないんだろう。

でも、やるしかない。

「わかった。さっそく出かけてくるよ。これからも頼むな、守護者様」

『はいっ。お任せください！』

ランランの気配がすうっと消える。

僕は店の戸締まりをすると、裏庭で遊んでいた子供たちに声をかけた。

「リー、ルー。ちょっとおいで」

ふたりがトテテテと駆け寄ってくる。

「ナオ、おでかけ？」

「おでかけ、どこに？」

察しのいいふたりがこちらに向かって小さな手を伸ばしてくる。お出かけの時はいつも手をつないでいたからだ。

「ギルドに行くよ。それから、森にも入ることになるかも」

ふたりはいつもの採取だと思ったらしい。

僕は目の前にしゃがむと、子供たちの手をぎゅっと握った。

「一日じゃ帰って来れないかもしれない。怖い目にだって遭うかもしれない。それでも、一緒にいくか？　それともアンナさんのところにいる？」

「や！」

「ニャオといく！」

即答だ。

「よし。わかった。じゃあ、僕から離れないこと。約束できるね？」

こくこくと頷くふたりの頭を交互に撫で、それから身支度を調えると、僕たちは揃ってまずはアンナさん家のドアを叩いた。

「おや。あらたまってどうしたんだい。なにかあったのかい？」

「実は、例のロッドヴァルトさんのことで……」

アンナさんが顔を顰める。

もしもの時のために、彼女にはあらかじめ事情を説明しておいたんだ。胸騒ぎっていうのかな。僕に万が一のことがあったら子供たちをお願いしなくちゃいけないからね。

それに、この心配がただの杞憂《きゆう》に終わったとしても、ロッドヴァルトさんが後日正式に従業員になるならご近所さんには紹介が必要だと思っていたから。

「もしかして、また来たんじゃないだろうね」

「いえ、それはまだです。でも、次に来る時までに対処しておきたいことがありまして、それをギルド長たちに相談できればと」

「そうだね。そうしな。この町の困りごとはあそこに行けばなんとかなるよ。子供たちも連れていくのかい？　家で預かってもいいんだよ」

「リー、ナオといくの！」

「ルーも！」

勇ましいふたりにアンナさんは相好を崩す。

「おやおや、そうかい。そんじゃ、気をつけて行ってきな」

にっこり笑って手をふってくれる彼女に一礼すると、僕たちは一路広場へ向かった。

通い慣れたギルドのドアを押し開ける。

いつもなら依頼票を見にいくか、あるいは採取報告のカウンターに並ぶところだけど、今日はそのどちらでもない。紙の束を抱えて歩くウルスラさんを見かけた僕はこれ幸いと声をかけた。

「ウルスラさん」

「あら、ナオさん。いらっしゃい」

「こんにちは。あの、ユルゲンさんにご相談したいことがあって来たんですけど……」

「ギルド長に？　どうしたんです？」

「実は、子供たちの父親だという男が突然店を訪ねてきまして。うちで働きたいと」

「……それ、詐欺じゃないかしら」

「やっぱそう思います？」

さすがウルスラさん。話が早い。

「わかりました。ちょっと待っててください。ギルド長にアポ捻《ね》じこんできますから」

ウルスラさんは持っていた紙の束をドサッとカウンターに置くと、勢いよく階段を駆け上がっていく。いつもながらパワフルな人だ。

そうしてものの三分もしないうちにアポイントを取りつけてくれたかと思うと、あれよあれよという間に二階の執務室へと案内された。

「やぁ、久しぶりじゃの。元気でやっていたかね」

ユルゲンさんが書類から顔を上げる。

「こんにちは、ユルゲンさん。お忙しいところをすみません」

「いやいや、困った時に思い出してもらえて良かったよ。店は大層繁盛していると聞いておったが、その君が相談とはのう……。詳しく聞かせてもらおうか。どうぞ、かけて」

「はい。失礼します」

八人掛けのテーブルにつく。

向かい側にはユルゲンさんと、その隣にウルスラさん。ノートを広げ、ペンを手にしているから記録係といったところだろうか。

これまでのことを掻い摘まんで伝えると、ユルゲンさんたちは揃って渋面になった。

「それは大変じゃったな。確かに、それならラビネル草が最適には思えるが……」

「でも、ギルド長。誰も見たことのない魔草ですよ」

そうなのだ。採ってきたくとも、どこに生えているかも、どんな見た目なのかもわからない。

せめてなにか手がかりがあれば……。

静かに顎髭を撫でていたユルゲンさんは、思いきったように顔を上げた。

「ウルスラ、職員総出で書庫の古文書を当たってみておくれ。他ならぬナオの頼みじゃ。きっとどこかに古い言い伝えが残っているだろうから」

「畏《かしこ》まりました。すぐに！　……うふふ。実はわたしも興味があったんですよね～」

ウルスラさんが笑顔で部屋を出ていく。

それをぽかんと見送った後、僕は慌ててユルゲンさんに頭を下げた。

「あの、すみません。なにからなにまで……」

「なに。わしらの方こそ感謝するばかりじゃよ。イアの採取依頼はナオにかかっていると言っても過言《かごん》じゃないからの」

えっ、僕そんな働いてましたっけ？

目を丸くしていると、急に廊下が騒がしくなり、続いて執務室のドアが開いた。

「失礼。こちらにナオがいると聞いて」

「ラインハルトさん！　皆さんも」

入ってきたのはラインハルト団の四人だ。

びっくりして立ち上がった僕に、リーダーのラインハルトさんが手を上げて応えた。

「やぁ。久しぶりだな」

「こんにちは」

「ナオちゃん、また会えてうれしいわ。リーちゃんとルーちゃんも元気そうね」

「はい、おかげさまで。デメルさんも、それにヴェルナーさんやソフィアさんも、皆さんお元気そうでなによりです」

デメルさんがうれしそうに子供たちに両手をふる。

ふたりはトテテテと駆けていって、デメルさんの膝の辺りにぴとっとしがみついた。

……あ、デメルさんがまた天を仰いじゃってる。

思わず噴き出しそうになるのをこらえつつ、僕はラインハルトさんに視線を戻した。

「ところで、どうしたんですか。お揃いで」

「職員総出で資料を捲っていたら、ちょうどカウンターにおいでになって」

ウルスラさんの言葉に、ラインハルトさんが肩を竦める。

「依頼の達成報告に来たら職員がてんやわんやでな。何事かと思って事情を訊いたんだ。そうしたらナオが困ってるっていうじゃないか」

「もしかして、それで？」

「大切な友人のピンチなんだ。駆けつけるには充分な理由だろう？」

「わたしも調べてきましたよ。ナオさんをお助けしなくっちゃ！」

ウルスラさんがそう言いながら分厚い上製本を掲げてくれた。

「えっ。もう手がかりがわかったんですか」

「ギルドの書庫にわからないことはありません」

ウルスラさんが「えっへん！」と胸を張る。

ラインハルトさんたちに事の次第を説明した後は、みんなでテーブルを囲み、その上で分厚い本を広げた。

「ほら、ここです。『真実の魔草』って」

ウルスラさんが指さした箇所にはランランから教わったとおりのことが書かれている。よくわからない古い言い回しはユルゲンさんが現代語に翻訳してくれた。

「おそらく、ラビネル草の説明に間違いないじゃろう」

「生息地はガートランドの森か……」

「ここにある『母なる大地の胎《たい》深く』って、どういうこと？　地下なのかしら」

「森の奥の、暗く静かなところ……たぶん、洞窟の中だと思います」

ソフィアさんの言葉に、ヴェルナーさんがハッと顔を上げた。

「あるぞ、洞窟。いつもの門から森に入って、東に半日行ったあたりだ」

「本当ですか！」

さすが、森での経験豊富なラインハルト団。ソフィアさんの魔法使いならではの解釈も納得感がある。

「ありがとうございます。本当に助かりました。それじゃ、僕は行ってきますので」

そう言ってリーとルーの手を握った途端、ユルゲンさんがギョッとなった。

「待て待て。そんな小さな子供を連れていくなど」

「でも、この子たちの方が強いんですよ。エルフだから草魔法も使えるし……」

当たり前のように植物が守ってくれるし、野獣に襲われる心配もない。

それに、万が一にもロッドヴァルトさんがまた訪ねてきたらと思うと、置いていくのは心配だった。

「気持ちはわかるが……あの辺りには中級魔獣も多い。あまりに危険じゃ」

「それなら、俺たちを連れていけばいい」

ポンと肩を叩かれる。ラインハルトさんだ。

「森の魔獣には慣れてるぞ。どうだ」

「いいんですか？　そうしてもらえたら僕としてはとってもありがたいですけど……でも、ラインハルトさんたちのお仕事は？」

「いーのよう、そんなの」

「良かねぇよっ」

すかさずツッコミを入れたのはヴェルナーさんだ。

それでも彼は、すぐに「だが、ナオには恩がある」と意見を翻《ひるがえ》した。

「ヴェルナーったら、あれからずっと『ポトフ食いてぇ、ポトフ食いてぇ』って言い続けてたのよ。今回の仕事だって予定より早く終わらせたくらいだもの」

なんとこの後、リッテ・ナオに寄るつもりだったのだそうだ。

「わたしも、ナオさんのお役に立ちたいです。わたしも助けてもらったので」

「ソフィアさんまで」

「決まりだな。ちょうど依頼も一段落したところだし、今度は護衛といくか」

「それなら、僕の依頼として処理してください。その方がギルドの実績にもなりますし、皆さんのランクアップにも貢献できます。もちろん、代金もお支払いします」

「金のことなんて気にするな」

「いいえ。僕は皆さんから食事代をいただきました。それと同じことです。プロの方々にお仕事をお願いするんですから、報酬を支払うのは当たり前ですよ」

「……おまえは譲らないんだろうな」

「よくご存知で」

「わかったよ」

ラインハルトさんがさっきより大きく肩を竦める。

さっそくウルスラさんに教えてもらって護衛の依頼票を作成すると、ラインハルトさんに依頼受託の手続きしてもらった。こうしておけば安心だ。

準備が終わり、ユルゲンさんたちに見送られながらギルドを出る。

「くれぐれも無茶をせんようにな」

「気をつけてくださいね。……それとナオさん、道中いいものがあったらぜひ～！」

その顔には「期待してますっ」と書いてある。

まったくもう、ブレないなこの人は……！

「じゃあ、行ってきます」

噴き出しそうになるのをこらえながら一礼し、踵を返す。

かくして僕は、ラインハルト団という強力な護衛とともにガートランドの森に向かって歩きはじめた。


えっちらおっちら、森に分け入ること半日あまり。

採取にはよく来ていたけど、こんな奥まで来るのははじめてのことだ。

鬱蒼と生い茂る木々のせいで視界は悪いし、倒木だらけで歩きにくいしで、子供たちがいなかったら早々に音を上げていたかもしれない。

さすがはリーとルー。草魔法で歩きやすくしてくれただけでなく、生活魔法の〈ライト〉を使って暗い森を照らしてくれた。

おかげで、僕らは怪我ひとつなく順調に進んでいる。

ほんと、小さいのにすごいなぁ。

ふたりにとってそれらの魔法を発動させる魔力は微々たるもののようだけど、それでもこの先なにがあるかわからないし、精霊魔法は温存してもらうことにした。たとえ魔獣や野獣が襲ってきたとしても、ラインハルトさんたちがいてくれるしね。

そんなことを考えながら歩いていた時だ。

先頭を歩いていたラインハルトさんがハッとしたように立ち止まった。

「伏せろ！」

「キイイィッ！」

見れば、すぐそこに鋭い嘴《くちばし》が迫っているじゃないか。

え？　え？　なにこれ、ちょっと待って……！

「おい！」

すぐ前を歩いていたヴェルナーさんがふり返って僕の頭を押えこむ。

地面にべちゃっと潰された僕の頭上スレスレを怖ろしい鉤爪《かぎつめ》が通り過ぎていった。

「な、な、な……」

なんだったの、今のっ！

びっくりしすぎて心臓が口から飛び出しそうだよ！

腰を抜かしかけた僕とは正反対に、子供たちは「とりだー！」とはしゃいでいる。

おいおい君たち、肝っ玉の太さどうなってんの。

「心配するな。すぐに済む」

そんな僕たちに肩越しに微笑むと、ラインハルトさんは腰に提げていた長剣を抜いた。

睨み据えるのは獰猛な魔鳥たちだ。攻撃した相手の顔を覚え、死ぬまでつけ回してくる厄介な性質だと聞いたことがある。

つまり、是が非でもここで倒しておかなきゃならないってことだ。

「ヴェルナー。デメル」

「任しとけ」

僕と子供たち、それにソフィアさんを魔鳥から守るべくヴェルナーさんとデメルさんが立ち塞がる。

それを見届けたラインハルトさんは、敵を挑発するように剣を掲げた。

「さぁ来い。俺が相手だ」

「キイッ！」

「キエエエッ！」

空を劈《つんざ》く威嚇とともに魔鳥たちがいっせいにラインハルトさんに襲いかかる。

その夥《おびただ》しい数たるや、視界が羽根で埋め尽くされるほどだ。

「ラインハルトさん！」

あんな数、捌《さば》ききれるわけがない。

案の定、彼は黒い渦に呑みこまれるようにして一瞬その姿を消したが、響き渡ったのはなぜか魔鳥たちの断末魔だった。

「……え？」

鳥が次々と地面に薙《な》ぎ払われていく。

……嘘、だろ？

ぽかんとしていると、僕を見たデメルさんが噴き出した。

「やーね。あんなんでうちのボスはやられないわよ」

「す…、すごくないですか……？」

「あら。格好良かったそうよ、ラインハルト」

「ははは。そいつは良かった。あぁ、ドロップアイテムは俺たちが拾ってもいいか？」

ラインハルトさんがなんでもないことのように地面に転がっているものを指す。

「ドロップアイテム？」

「魔獣を倒すとアイテムを落としていくことがある。角《つの》だったり、ポーションだったりと中身はいろいろだが……こいつは魔力を封じた石のようだな」

「へぇ。そうなんですか」

こういうところもゲームに似てるんだな。

「ラインハルトさんたちの役に立つなら、ぜひ持っていってください」

「ありがとう。それじゃ、遠慮なくそうさせてもらう」

ラインハルトさんが剣を鞘に戻し、ドロップアイテムを回収する。

冒険者からしたら臨時収入みたいなものだろうか。

戦いの邪魔にならないよう、魔石はマジックバッグで預かることにして、僕たちは再び洞窟を目指して歩きはじめた。

列はラインハルトさん、ヴェルナーさん、僕と子供たち、そしてソフィアさん、最後にデメルさんという並びだ。

こうして歩いてみると、その見た目の印象とは裏腹にヴェルナーさんが面倒見のいい人だと知ることになった。

「この辺りは魔獣が多いんだ。気をつけろよ」

「はい。次はもっと早く伏せます。子供たちも」

「……おまえな、相手が土属性の魔獣だったらどうすんだ。これ幸いと食われて死ぬぞ」

「えっ」

「こら、ヴェルナー。怖がらせるようなことを言うんじゃない」

ラインハルトさんが苦笑いしながらふり返る。

「そういうやつもいるってことだ。俺がその都度指示を出すから、ナオたちはそれをよく聞いて従ってくれればいい」

「わ、わかりました」

こくこくと頷いたその時だ。

「……噂をすればなんとやら。さっそくおいでなすった」

一瞬でパーティの纏《まと》う空気が変わる。

なにが起こったかわからずキョロキョロと辺りを見回す僕たちに、ソフィアさんが後ろから小声で〈ガード〉を呟いた。防御系の魔法だ。

つまり、それほどの敵ってこと……？

またも一瞬で身体が固まる。さっきは「次はもっと早く伏せます」なんて言ったけど、これは伏せるやつ？　そうじゃないやつ？

なにはともあれ、まずは僕から離れないようにリーとルーと手をつなぐ。

縋る思いでラインハルトさんを見上げると、彼は「ヴェルナー」と相棒を呼んだ。

「おまえの得意な相手のようだ」

「見せ場は譲るって？」

「火属性の魔物とは相性がいいだろ。頼んだぞ」

ヴェルナーさんが顔を顰めながら背負っていた長剣を引き抜く。

それと同時に、木の陰からなにかが飛び出してきた。

「わっ！」

四つ足の獣だ。山犬どころか、虎と言われても頷いてしまいそうな大きな魔獣が十数頭、僕らの周りを取り囲む。

炎のような赤い毛に覆われた魔獣は「グルルルル……」と怖ろしい唸り声を上げながら

牙を見せつけてきた。すぐにでも飛びかかって喉笛を掻き切ってやると脅しているのだ。

「ブレーズガンだ」

ラインハルトさんが僕たちの盾になるように剣を構えながら教えてくれた。

「ブレーズガン？」

「炎を吐く中級魔獣だ。群れでいることが多いんだが、今日はまた一段と数が多いな」

「あたしたちから離れないでね、ナオちゃん。リーちゃん、ルーちゃんも」

デメルさんの言葉にぶんぶん頷く。

こんな怖ろしい魔獣に囲まれて、もはや生きた心地もしない。

そうしている間にも、早くもヴェルナーさんの方では戦いがはじまったようだ。

「うらァ！」

「グオォォォ！」

ブンッ！

ヴェルナーさんが長剣で宙を真横に切り裂くや否や、その場にいたブレーズガンたちがいっせいに吹き飛ぶ。あるものは木に打ちつけられ、またあるものはボールのように跳ねながら遠くの方まで転がっていった。

「す、す、すごい……！」

「おっと。よろこぶのはまだ早いぞ」

「え？　あっ」

一掃されたはずのブレーズガンが唸りながら起き上がる。

薄暗い場所でもわかるほど目を爛々と光らせ、口から火を吐いているものもいる。

「ガァッ！」

中でもとりわけ身体の大きな一頭がヴェルナーさんに襲いかかった。

そこへ、すかさず二頭目、三頭目のブレーズガンが畳みかけてくる。

ヴェルナーさんは長剣でそれに応じたものの、波状攻撃に対応するのは難しいようで、肩当てへの攻撃を許してしまう場面もあった。

「ラインハルトさん！　ヴェルナーさんが！」

「いや、ここはソフィアの出番だ」

「ええっ」

それ、いくらなんでも無茶ぶりなんじゃ……！

焦る僕とは対照的に、ソフィアさんは落ち着いた様子で前に出る。

「ヴェルナーさん」

「おう！」

肩越しにふり返ったヴェルナーさんが高々と長剣を掲げた。

ソフィアさんは目を閉じ、両手を重ねて胸に当てる。するとすぐ、手の内側に眩《まばゆ》い光が生み出された。

あ、そうか！　彼女は魔法使いなんだった。

ということは、つまり。

「〈エール〉！」

ソフィアさんが詠唱とともにヴェルナーさんに向かって光を放つ。

剣は魔力を受け、青白い炎に包まれた。

突如現れた光に一瞬怯んだブレーズガンたちだったが、お互いを鼓舞するように咆哮《ほうこう》を上げながら一丸となってヴェルナーさんに突進していく。

右からも、左からも、そして正面からもブレーズガンの群が迫る！

「終わりだ」

ヴェルナーさんが長剣を地面に突き立てた瞬間、信じられないことが起こった。

彼を中心に、まるで波紋が広がるように地面が大きく波打ったのだ。赤毛の魔獣たちは足を掬われ、そこをすかさずヴェルナーさんに薙ぎ払われて、あっという間に一頭残らず討ち取られた。

な、なんだったんだ、今の……!?

「ナオちゃん。大丈夫？」

「へっ？」

「ごめんなさいね、説明が後で。びっくりした？」

「び…、びっくりしました。びっくりしましたとも！　ていうか、ぐにゃぐにゃに波打ちましたよね⁉　あんなのブレーズガンじゃなくたって死んじゃいますよ！」

「やだ、平気よーう。今もちゃんと生きてるじゃない」

そりゃ、三人がかりで支えてくれてましたからね？

「リー、ルー、大丈夫だったか？」

慌てて子供たちの顔を覗きこむと、ふたりはなぜか頬を紅潮《こうちょう》させていた。

「リー、ゆれた！」

「ルーも、ゆれた！　うおんうおんした！」

「うおんうおん！　うおんうおん！」

なんか、やけに楽しそうだな……？

いつになく目をきらきらさせるふたりを見てラインハルト団の四人が笑う。ふたりもだ。

そんな一同を見ているうちにおかしくなってきて最後は僕も一緒になって笑ってしまった。

「さて。ずいぶん足止めを食らったな。先を急ごう」

ラインハルトさんが指示を出す。

ブレーズガンのドロップアイテムである爪や牙なんかを拾ってマジックバッグに放りこむと、僕らは再び歩き出した。

途中、子供たちを交代で負《お》ぶったり、休憩しながら進むうち、遠くの方に隆起した崖が見えてきた。その一角が奥に窪んでいるようだ。

「あれ、もしかして……」

「どうやらそのようだな」

前を歩いていたヴェルナーさんが肩越しにふり返る。

あれが、幻のラビネル草が生える洞窟――。

今すぐ駆け出したい気持ちをなんとかこらえ、近づいていってみたのだけれど。

「石が……ありますね……」

まるで通せんぼをするように、洞窟の入口を巨石が塞いでいた。

誰かが意図的に置いたのか、あるいは地震や崩落がきっかけで挟まってしまったのか。うまい具合にぴったり嵌っていて、ちっとやそっとじゃビクともしそうにない。

「どうしよう、これ……」

「あら。心配なんてしなくていいわ」

「え?」

「デメルはこういうのが得意でな。言ったろ、怪力だって」

「ちょっと。乙女のパワーって言ってくれる?」

デメルさんは唇を尖らせながらツカツカと石の前へ歩いていった。両足を肩幅に開いて腰を落とし、巨石に抱きつくように腕を回す。

「えっ、ちょ……もしかして、持ち上げようとしてます？」

いくらなんでもさすがに無理だ。

驚く僕に、デメルさんは鮮やかに笑った。

「あたし、何事もやってみることにしてるのよね。最初から『無理』って決めつけるのはつまんないわ」

デメルさんの目が勝負師のそれになる。

「ふん！」

そうして気合い一発。

はじめのうちは揺らぐ気配もなかった石が、デメルさんの力によって、ジリ…ジリ…と動き出したじゃないか。

信じられない。だって、ひとりじゃ抱えられないほどの大きな石がだよ！

「んんんん……どっせぇぇぇぇええい！」

ドオオオーン！

かけ声とともに巨石がぶん投げられる。

あとに残ったのは地響きの余韻と土煙《つちけむり》だけだ。

「うっそ……」

「うふふ。大成功」

パンパンと両手を払いながらにこやかに笑うデメルさんを見ていたら、この人に不可能なんてないんじゃないかと思えてくる。

「デメルちゃん、すごい！」

「デメルちゃん、ちからもち！」

「いやん。それほどでもないわよぅ」

子供たちに手放しで褒められてデメルさんはうれしそうだ。

ラインハルトさんが笑いながら功労者の肩を叩いた。

「よくやってくれた。さぁ、行こう」

これでいよいよ、あと一歩だ。

ラインハルトさんを先頭に洞窟に足を踏み入れる。

こんな時もリーとルーの生活魔法〈ライト〉が大活躍した。なにせ、ほとんどになにも見えないような真っ暗さだからね。これがなかったら今頃は窪みに嵌って足を挫いたり、壁にぶつかって大騒ぎしたりしていたことだろう。

「えらいぞ、ふたりとも」

「ん！」

「ん！」

小さな頭を交互に撫でると、ふたりは誇らしげに目を輝かせる。

そのかわいらしさに元気づけられながら、狭い洞内を一列になって進んでいた時だ。

「待て」

不意に、ラインハルトさんが立ち止まった。

見れば、洞窟の奥が乳白色の膜のようなもので覆われている。

「あれは……？」

「どうやら結界のようだな」

「結界？」

「ソフィア。いけるか」

「視てみます」

先頭に立ったソフィアさんは、じっと膜を見つめた後でラインハルトさんをふり返った。

「土魔法の結界のようです。土地の力を活かして誰かが仕掛けたものだと」

「壊せるか」

「はい。……ですが、魔力が少し……」

どうやら彼女の魔力だけでは心許《こころもと》ないらしい。

「困ったな。俺たち冒険者にはそういうものがない」

「それなら僕が」

ここぞとばかりに進み出てみたのだけれど、「ナオさんの魔力では足りないようで……」とお断りされてしまった。ううう。

そんな時、下の方からクイクイと袖を引っ張られた。

「ナオ。リーの、あげる?」

「ルーも、あげる?」

「え? ふたりが?」

確かに、ここに来るまで魔力は極力セーブしてきたから大丈夫だとは思うけど、問題はソフィアさんが必要とするだけの力がこの子たちにあるかどうかだ。

「ソフィアさん」

「はい。充分です」

あ、それってつまり……。

いやいや、今は緊急事態だ。深く考えないようにしよう。

ふたりはソフィアさんの左右の足にそれぞれくっつき、力を分け与えることになった。

子供たちから送りこまれた魔力によってソフィアさんの輪郭が発光しはじめる。彼女は胸の前で両手を重ねるようにクロスさせると、そのまま目を閉じ集中をはじめた。魔力を練っているのだろう。

やがて身体全体がほんのりと青白い光に包まれていく。それは少しずつ高まっていき、ソフィアさんの手のひらへと流れていった。

今や光の玉となった魔力が音もなく炎のように燃え盛る。

ソフィアさんは目を開き、そして大きく息を吸いこんだ。

「大地を守りし精霊よ、汝《なんじ》の生み出し壁を消滅させせん。〈ディスクローズ〉！」

「うわぁっ！」

詠唱とともに強い光が放たれる。

魔力同士のぶつかり合いによってとんでもない衝撃波が生まれ、僕は弾き飛ばされた。

ゴロンゴロンと後方に二回転半もでんぐり返りし、やっとのことで起き上がる。

「あらやだ。ナオちゃん、大丈夫？」

すぐさまデメルさんが駆け寄ってきた。

「ごめんなさいね。まさか吹っ飛ぶと思ってなくて」

「はは、は……」

それは僕もです……。

ていうか、強かに打ちつけた頭が痛い。これ絶対あとでタンコブになるやつだ。

僕がひとりでゴロゴロ転がっている間にソフィアさんは結界を撃破してくれたらしい。

乳白色の膜は跡形もなくなり、奥には小さな空間が広がっていた。

「……そういえば、リーとルーはっ？」

慌てて辺りをキョロキョロ見回すと、ふたりはさっきと同じ場所でにこにこしていた。

どうやら、ソフィアさんにくっついていたおかげで吹っ飛ばされずに済んだみたいだ。

「ふたりも、よく頑張ったな」

「ふふー」

「へへー」

それでも一応怪我がないかどうか確かめて、それからあらためて結界を越える。

奥には、植物が自生しているのが見えた。

モスグリーンの葉は白い産毛に覆われ、ほっそり伸びた茎の先に釣り鐘型の銀色の花をぶら下げている。高さは十センチもないだろうか。小さい花が鈴なりになった姿はクリスマスのハンドベルを連想させた。

「この白い草が、ラビネル草……？」

「はじめて見たわ」

「俺もだ」

なにせ、図鑑にも載っていない幻の魔草だ。

念のためステータスパネルを開いて検索してみたけれど、これと同じものは見つからなかった。……ということはつまり、ビンゴだ。

「やったな。ナオ」

　ラインハルトさんにポンと背中を叩かれる。

「皆さんのおかげです」

「いや、俺たちは護衛をしただけだ」

「そうよ。こういうのは依頼者の運が引き寄せるのよ」

「でも、ラインハルトさんとヴェルナーさんが魔獣を倒してくれなかったらあそこで死んでたと思いますし、デメルさんじゃなきゃあの巨石をどかせなかったし、ソフィアさんがいなかったら結界に弾かれてどうにもならなかったと思います。もちろん、リーとルーも。ありがとうな」

　子供たちは得意満面だ。

「わたしたちも、ナオさんのおかげで珍しいものが見られました」

「ドロップアイテムもたんまり回収したしな」

　ソフィアさんとヴェルナーさんもそう言って笑った。

「それじゃ、お目当てを採取して帰りましょうか」

　僕は意気揚々とラビネル草に手を伸ばす。

　けれど、根を引き抜いていくらもしないうちに、摘み取った魔草は手の中でホロホロと崩れてしまった。

「え？　えええ!?」

「なんだこりゃ？」

皆がいっせいに覗きこむ。

ラビネル草は時間とともにますます破片と化していき、ものの一分も経たないうちに粉々になって消えてしまった。

「なくなった……」

「なるほど。これが幻の由縁か」

「持って帰れない、ってことね」

そ、そんな………。

ここまで危険を冒してやってきたんだよ！　やっとの思いで辿り着いたんだよ！　たくさんはいらない。少しでいいんだ。僕と子供たちの平和な暮らしのためにせめて……！

「ナオちゃんナオちゃん、落ち着いて」

「へっ？」

「百面相《ひゃくめんそう》も面白いけど、ナオちゃんにはいい方法があるはずよ」

デメルさんはそう言ってなにかを仕舞う仕草をしてみせる。

「あっ！　マジックバッグ！」

「そういうこと」

マジックバッグなら時間経過を止めることができる。

形が崩れる前に放りこんでしまえば無傷で持ち帰ることができるし、もう一度取り出す時には「タイム、〈ロック〉！」で時を止めてしまえばいい。

「すごい！　天才！」

「自画自賛かよ」

ヴェルナーさんにツッコまれ、一同揃って噴き出した。

「ギルドにもお裾分けしてあげたらよろこばれるわよ、きっと。貴重な資料になるし」

「もしかして、この先一年分の採取ノルマが免除《めんじょ》されるとか……？」

「うーん。それは難しいかもしれないわねぇ」

まぁ、それもそうか。

とはいえ、大騒ぎになるのは間違いないだろう。

ラビネル草を持って帰ったらウルスラさん、どんな顔するかな。相談に乗ってもらったユルゲンさんにも、お世話になったギルド協会の職員さんたちにもこれで少しは恩返しができるだろう。

「それじゃ、あらためて」

自分で使う分と、ギルドの分。資料用にどれぐらい必要かわからないけど、あまり取り過ぎてもいけないから三つほどにしておこう。

採取の後はソフィアさんに再び結界を張ってもらい、デメルさんに出入口を石で塞いでもらって、できるだけ元の状態に戻してから帰途についた。

無事に魔草を手に入れられて良かった。

明日はみんなでギルドに行って、ラインハルトさんたちが達成報告をする間、ユルゲンさんたちにお礼をしなくちゃ。

そんなことを考えながら森を抜け、城塞の門を潜り、やっとのことで家に戻った。

その夜はもちろん、労《ねぎら》いもこめて料理をふるまわせてもらったよ。

こうして久しぶりに、リッテ・ナオはにぎやかな笑い声で満たされたのだった。

「ナオ、おきておきて」

「ニャオ、ごはんたべる」

かわいらしい声とともにゆさゆさと身体を揺すられる。

眠たいのをこらえて目を開けると、リーとルーが真上から覗きこんでいた。

「ふわぁ……。おはよう。もう朝かー」

さっき寝たと思ったのに一瞬だったな。それだけ身体が疲れていたんだろう。

「ニャオ、おなかすいた」

「リーもすいた。ごはんごはん！」

「おにーちゃんたちもおなかぺこぺこ」

「うん？　お兄ちゃんたち……？　あっ！」

しまった。

昨日、ラインハルトさんたちが泊まったんだった。長らく店を閉めっぱなしだったのでうっかりしていた。

大急ぎで身支度を調え、一階にダッシュする。

すると、外からラインハルトさんの声が聞こえてきた。どうやら厩舎《きゅうしゃ》の前で剣の稽古《けいこ》をしていたらしい。

「おはようございます！　遅くなってすみません！」

「おう。ようやく起きたか」

ヴェルナーさんがニヤリと笑う。

ああ～～その顔絶対、こいついつ起きてくるんだって思ってましたよね～～～。

「ほんとにその、お待たせしてしまって……」

ペコペコと謝る僕に、ラインハルトさんまで噴き出した。

「大丈夫だ、気にするな。それに、朝食の前に稽古をするのが日課だからな」

「そ、そうなんですか？　良かった」

てっきり、空腹を紛らわせるために無理矢理身体を動かしているのかと……。

「ナオはおもしろいやつだな」

「だが、俺はそろそろ腹が減ったぞ」

ヴェルナーさんが早々に剣をしまう。

それにしても、ラフな格好だと彼の逞《たくま》しさがいっそう際立《きわだ》つ。胸板の厚さなんて僕とは大違いで、どこから見ても憧れの勇者そのものだ。

こういう男に生まれたかった……。

「あら、ナオちゃん。また百面相してるわね」

「デメルさん。ソフィアさんも」

「おはようございます。昨日はタオルやお湯、ありがとうございました」

「いえいえ。僕の方こそお世話になりました」

そこへ、待ちきれなくなった子供たちがトテテテと駆けてくる。

「ナオー、ごはんー」

「あらあら、リーちゃんとルーちゃん。ちゃんと起きて偉いわねぇ」

「リー、さきに、おきたの」

「ルーもだよ。ニャオを、おこしたの」

「あらまぁ。なんてお利口さんなのかしら。頼もしいわ。ねぇ、ナオちゃん」

デメルさんは子供たちと手をつないでデレデレだ。

「それじゃ皆さん、中へどうぞ。おいしい朝食をご用意します」

「おう。俺には大皿で頼む」

「悪いが俺もだ」

「はいはい。わかってますよ」

一行を招き入れ、まずは搾り立てのジュースから。

それからマジックバッグに備蓄しておいたハンスさんのパンをあたため直し、豆と香味野菜のスープとともに持っていく。

ここ最近マーケットに行けなかったから、全部あり合わせの材料だ。

それでもラインハルトさんたちは「うまい！」とお代わりまでしてくれた。

リーとルーも夢中で食べてるね。

右手でスプーンを使いながら左手もスープにつっこんだりしてるけど、みんなで楽しく食べるのがうれしくてしかたないみたいだから、今日のところは目を瞑りますか。

「デザートもあるんですけど、良かったら食べます？」

「食べる！」

全員の答えがきれいに揃う。

「ふふふ。ですよね。準備してあるのですぐ持ってきますね」

キッチンまで踵《きびす》を返しかけた、その時だ。

「私にもスープを一杯いただけますか」

「……！　ロッドヴァルトさん」

思いがけない人物の登場に、店内は水を打ったようにシンとなる。

ラインハルトさんたちもすぐに事態を把握したようで、訪問者から目を逸らさないまま
さりげなく臨戦態勢を整えた。

「そんなに怖いお顔をなさらなくとも……。リートランド、ルートヴィヒ、おはよう」

「おとしゃん！」

「おはよう！」

すぐさまふたりが駆け寄っていく。

デメルさんは「なにあれ！」と言わんばかりの目で子供たちと僕とを交互に見た。

僕だって、心の中は「なにあれ！」だ。もっと言うと「なんだよあれ！」である。

「おはようございます。ロッドヴァルトさん。こんな朝早く来られるなんて」

カウンターをぐるりと迂回して出迎える。

僕の厭味《いやみ》は残念ながら相手には効かず、さらりと笑って受け流された。

「善は急げというでしょう。一日でも早く一緒に暮らしたいと思いましてね」

「お気持ちはわからなくもないですが、今はまだ食事中で……」

「ええ。ですから私もご一緒させていただこうと」

そう言って強引に店の中に入ってくると、初対面のラインハルトさんたちのテーブルに混ざる。

リーとルーもそれに続いた。

正直、子供たちがいなければ今すぐ摘まみ出してやりたいくらいだ。

……でもこれって、逆に考えればすごいチャンスかも？

元はと言えば、ロッドヴァルトさんに本当のことを言わせたくてラビネル草を取ってきたんだ。それを食べさせる絶好の機会じゃないか。

万が一彼が暴れたとしても、あるいは魔法を使って攻撃をしかけてきたとしても、ラインハルトさんたちがいれば鬼に金棒だ。

よーし。やってやろうじゃないの。

「それじゃ、豆と香味野菜のスープをお持ちします」

「ええ。ありがとう」

ラインハルトさんが一瞬訝《いぶか》しそうな顔をしたものの、僕の目を見て意図を読んだのか、黙って小さく頷いた。ヴェルナーさんも、デメルさんやソフィアさんもだ。

修羅場を潜ってきた人たちっていうのはほんと、話も判断も早くて助かる。

僕はキッチンに入るなり、鍋の残りを火にかけた。

続いてマジックバッグからラビネル草を取り出す。もちろん、彼に聞こえないぐらいの小さな声で「タイム、〈ロック〉！」を唱えてね。

ラビネル草は細くて長い根の部分を使う。

まずはよく洗って細かく刻み、小鍋に取り分けたスープで煮て火を通した。

うん。見た目や匂いではまずわからないな。

できたものを深皿によそってパンとともに持っていくと、ロッドヴァルトさんはにこやかに笑った。

「ほう。これがリッテ・ナオの朝食ですか。おいしそうだ」

「熱いのでお気をつけて」

どうかバレませんように……！

祈るような気持ちで見守る僕らの前で、ロッドヴァルトさんがスープを一口飲んだ。

「あぁ、おいしい。味に深みがあって、塩加減もちょうどいい」

「ありがとうございます」

おだやかに微笑む姿はとても目的不明の相手とは思えない。

まぁ、胡散臭いことに変わりはないんだけど……。

そうして半分ほど食べ進めた頃だろうか。

それまで黙って頬杖をついていたヴェルナーさんがついに口火を切った。

「なぁ、あんた。ここで働くんだって？」

ロッドヴァルトさんが手を止める。

「ナオさんからお聞きになりましたか。はい、そうなんです」

「料理は得意なのか？」

「いいえ、私自身はまったく。裏方に徹しますよ」

肩を竦めるのを見て、今度はラインハルトさんが口を開いた。

「オーガの襲撃を受けて、命からがら村から脱出したそうで……。大変でしたね」

「いいえ？」

そう答えた途端、ロッドヴァルトさんが「え？」というように目を見開く。

「すみません。今、おかしな返答をしてしまいました。違うんですよ。私は村から……」

「この子たちと一緒に逃げた。そうですよね」

「いいえ？」

またしてもロッドヴァルトさんは首をふった。

静かに成り行きを見守っていたデメルさんが我慢できずに割りこんでくる。

「あなた、リーちゃんとルーちゃんのお父さんだそうね」

「いいえ」

「あなた自身はエルフ？」

「いいえ」

「ナオちゃんに話した逃走劇は本当かしら？」

「いいえ」

なにを訊ねても答えは「ノー」だ。呆れるしかない。本人がエルフではないと認めたことで魔法の効力が失われたのか、尖っていた耳も元に戻った。

どんどん化けの皮が剥がれていく。

ロッドヴァルトさんは堪《たま》りかねたように「あの！」と声を上げた。

「面目《めんぼく》ない。私はどうも、さっきから調子がおかしいようだ。トンチンカンなことばかり申し上げて……」

「あなたは何者ですか？」

ソフィアさんが語尾を奪った。

……あ、ものすごく目が据わってる。

「黒魔術をお使いになるそうですね」

「いい…、はい。……っ!?」

「わたしたち魔法使いは、世のため人のため、常に誠の心を持って尽くすことと定められています。あなたはそれを捻じ曲げる方。わたしはあなたを許しません」

ソフィアさんがきっぱり言いきる。

魔法使いとしてのプライドがあるからこそ、ロッドヴァルトさんの所業には思うところがあるんだな。普段の彼女からは想像もつかない厳しい表情だ。この芯の強さがラインハルト団の一員たる由縁だろう。

入れ替わり立ち替わり四人から追求を受けて、ロッドヴァルトさんはタジタジだ。

僕はゆっくり深呼吸をすると、思いきって彼の前に立った。

「あなたは何者ですか。どんな目的があって僕に近づいたんですか」

「ですから、私は子供たちの……うぐっ……」

ロッドヴァルトさんが喉を押さえながら身体を丸めた。

どうやら、ラビネル草を食べた人が嘘をつこうとすると激しい拒絶反応が出るらしい。

ずいぶん苦しそうにしている。意思の力で抑えこもうとしたらしかったが、すぐに肉体がそれに勝利した。

「俺、は……、隣の町で、占いをして…いる……」

本人の意思とは無関係に口が動く。

「占い？」

「生活…、苦し……それで、ここ、を……」

ようやくのことで合点がいった。

「生活苦を理由にここでお金を稼ごうと？　それなら別に、子供たちの父親だなんて嘘をつかなくても良かったでしょう」

「違うわよ、ナオちゃん。出稼ぎしたかったわけじゃないわ。リッテ・ナオを乗っ取って、儲けのすべてを自分のものにしようとしたかったのよ」

「えっ」

デメルさんが見たこともない険しい表情をしている。

「それは本当ですか」

「ちが…、……ほ、本当、です」

「そんな……」

愕然《がくぜん》とした。

村から子供たちを連れて逃げた話も、子供たちと再会するために生き延びたという話も、また家族で一緒に暮らしたいという話も、全部全部嘘だったのか。

「おおかたリッテ・ナオの評判を聞いて、ここなら大金が入ってくると企《たくら》んだんだろう。子供の話につけこめばナオも招き入れざるを得ないと」

「おまけに衣食住まで保障されるときてる。ずる賢いヤツが考えそうなこった」

口々に責め立てられて我慢の限界を超えたのか、これまでの鷹揚《おうよう》な態度をかなぐり捨ててロッドヴァルトさんが唸りを上げた。

「う、うるさいうるさい！　おまえたちになにがわかる！」

「こら、やめろ！」

ナイフやフォークをふり回すロッドヴァルトさんをラインハルトさんが押えこむ。

「おまえ、魔法使いだろう。俺になにをした！」

今度はソフィアさんにナイフを突きつけたところで、ヴェルナーさんが後ろ手に彼を縛り上げた。

「痛たたたっ！　離せ、離せよ！」

「うるせぇ。騒ぐな。このロクデナシ野郎」

「くそっ。その女が俺に……！」

「僕ですよ」

痛みに顔を歪ませるロッドヴァルトさんを静かに見下ろす。

「僕が、あなたにラビネル草を食べさせました。スープに入れてね」

「なっ」

「真実しか話せなくなるという魔草です。これは、あなたの自業自得です」

ロッドヴァルトさんの頬からみるみる顔色が消えていく。血色のなくなった青白い頬は、やがて土気色にまで冷たくくすんだ。

「リーとルーにかけた魔法を解いてください。もうこれ以上、一秒だってあなたを父親と呼ばせたくない」

「……くっ、そぅ……」

下を向き、やがて完全に沈黙した彼を押さえつけたまま、ヴェルナーさんがラインハルトさんと目を見交わす。

「ソフィア。『不可視《ふかし》のロープ』を。頼めるか」

「はい」

ソフィアさんが立ち上がり、ロッドヴァルトさんの後ろに回った。

「やめろ。なにをする。俺に触るな！」

「往生際《おうじょうぎわ》の悪い男だな。おとなしくしてろ」

ヴェルナーさんの一喝と同時に、ソフィアさんが魔法を発動させる。

それは目に見えない戒めとなってロッドヴァルトさんの両腕を固定した。

おそらく、ロープの先はヴェルナーさんにつながっているのだろう。ヴェルナーさんの腕が離れたことでとっさに逃げ出そうとしたロッドヴァルトさんだったが、数歩も行かないうちになにかに引っ張られるようにして床に倒れた。

「痛ってぇ……」

「ナオ。安全を考えて、この男は俺たちがギルドに連れていく。おまえも来るか」

「もちろんです」

僕は大きく頷くと、おとなしくなったロッドヴァルトさんの前にしゃがみこむ。

「素直に働きたいって言ってくれてたら結果は違っていたでしょうに……。あなたは僕を見くびっていた。僕は、あの子たちのためならどんなことでもするんですよ。親ってそういうものだから」

ふたりとは血の繋がった本当の親子ではないけれど、この気持ちに嘘偽《いつわ》りはないと胸を張って言える。

ロッドヴァルトさんは悔しそうに表情を歪ませていたが、ややあって口の中でなにかを詠唱すると、子供たちに向かって魔力を放った。

「魔法を解いた。もう俺の子じゃない」

リーとルーは突然のことにきょとんとしている。

それでもしばらくするとお互いに顔を見合わせ、僕の方にダッシュしてきた。

「ナオ！」

「ニャオ！」

そうして、ロッドヴァルトさんを見るなり僕の後ろにへばりつく。

「ふたりとも、元に戻ったんだな」

「？」

「この人は誰か、わかるか？」

ロッドヴァルトさんに目を向けると、リーもルーも黙って首をふった。それから僕の背中にぺたりとおでこをつけ、グリグリと押しつけてくる。

僕はそんなふたりに向き直ると、愛しい子供たちを両手でぎゅうっと抱き締めた。

「おかえり。リー、ルー」

「……ん？」

「ははは。わかんないか。でもいいんだ。ふたりはずーっと、うちの子だぞ」

「リー、ナオといるよ！」

「ルーも。ルーもだよ！」

「うん、そうしよう。僕もおまえたちと一緒にいたい」

やわらかな金髪に頬擦りし、鼻先を埋め、「くすぐったいよー」と楽しげに笑う声に目を閉じる。

やっと取り戻した。

やっと、元の形に戻れた。

「良かったわねぇ、ナオちゃん。もらい泣きしちゃうわ」

デメルさんが鼻を啜っている。

「これにて一件落着だな」

「ラインハルトさん。皆さんも、本当にありがとうございました」

僕は立ち上がると、四人を見回し深々と頭を下げた。

「これでまた、安心して店を再開することができます」

「そいつは楽しみだ。俺たちにとってもリッテ・ナオは大切な場所だからな」

「今度は大鍋いっぱいのポトフを食わせてくれ」

「昨日も食べたじゃないの、ヴェルナーったら」

「ふふ。ナオさんのお料理、わたしも好きです」

「ありがとうございます。僕も、ラインハルト団の皆さんならいつでも大歓迎です」

顔を見合わせてみんなで笑う。

ひとしきり大団円を噛み締めたところで、ヴェルナーさんが「そろそろ行くか」と不可視のロープを引っ張った。

「俺たちの大事なモンを引っ掻き回した罰だ。こってり絞ってもらうからな」

ラインハルトさんも項垂れる犯人の腕を摑んで促す。

渋々立ち上がったロッドヴァルトさんをふたりが囲み、そのさらに後ろにデメルさんとソフィアさん、それから僕と子供たちが続く形で店を出た。

一時はどうなることかと思ったけど、無事に収束して本当に良かった。これでなんの心配もなく、またキッチンに立つことができる。

爽やかな青空に胸を躍らせながら、僕たちはギルドに向かうのだった。

「やれやれ。くたびれた……」

ギルドを出るなり開口一番。

まさか、あんなことになるとは思いもしなかった。

ラビネル草の情報集めに協力してもらったお礼にいろいろ報告がしたかったのだけど、とてもそれどころじゃなくなった。

ロッドヴァルトさんに山ほどの余罪が見つかったのだ。

身分証の偽装なんてのはかわいい方で、詐欺や魔法による意思操作、窃盗幇助《せっとうほうじょ》に傷害とまぁ出るわ出るわ……。隣町の占い師でありながらその悪名は周辺一帯のギルドに轟《とどろ》いていたようで、カウンターに突き出すなりギルド内は騒然となった。

もちろん、経緯について根掘り葉掘り聞かれたよ。

ユルゲンさんからは「よくぞ捕まえてくれた」と大いに感謝され、僕たちには金一封の報奨金《ほうしょうきん》が出た。

さすがギルド長、太っ腹！

依頼の達成報告も兼ねていたラインハルトさんは、「成功報酬の他にドロップアイテムももらったのに、その上報奨金まで出るなんてな」と驚いていた。

いつも採取に目の色を変えるウルスラさんさえ「ここ一番の見つかりものですよ！」と大興奮の様子だ。

すぐさま各地のギルド協会に早馬が出され、ロッドヴァルトさんは裁判が行われるまで牢屋に収監《しゅうかん》ということになった。

一連のやり取りを遠巻きに見ていた冒険者や魔法使いたちまで押し寄せ、協会はあっという間に大騒ぎになる。職員さんたちも手続きで忙しそうなので、報告はまたの機会にとすごすごとギルドを後にした次第だ。

ちなみにラインハルトさんたちはというと、すぐに次の依頼に向かうらしい。

いや、どんだけ体力オバケなんだ。あの人たち……！

さすが、頼りになる兄貴たちは鍛え方が違う。

かくして僕は彼らと別れ、子供たちと三人で家に帰ってきた。

「ふー。なんだかドッと疲れたなぁ」

「ふ～～～」

「ふうぅぅ」

リーとルーが僕の真似をして大きく息を吐く。

ため息っていうより、バースデーケーキのロウソクを吹き消す時みたいにやけに気合い充分だ。それが大人っぽい仕草だと思って真似しているのかもしれない。

……かわいいなぁ。

そんなふたりと、また元どおり暮らせるようになって本当に良かった。

「リー、ルー。いろいろ大変な思いさせてごめんな。お詫びに、今日はふたりの大好きなおやつ作ろうか」

「えっ」

子供たちの顔が一瞬で、ぱあぁぁぁ！　と明るくなる。

「ナオ！　なにつくるの！　なにつくるの！」

「ルーのすきなやつ？　ニャオ、ねぇ、ルーのすきなの？」

「リーのすきなのは？」

「ふふふ。ふたりの大好物だぞ。木苺のトルテ、好きだろう？」

「はわー！　すすすすき！　すき！」

「ルーもすき！　だいすき！　ニャオもすき！」

「リーもだよ！　リーもナオすき！　だいすき！」

ふたりはバンザイの格好でぴょんぴょん飛び上がったり、そこら中を駆け回ったりしてよろこびを爆発させる。その愛らしさといったらまるで子犬だ。ぶつかっても転んでも、ハァハァ言いながら笑い転げている。

「ほらほら、ふたりとも。落ち着いて」

やっとのことでふたりの手を取ると、まずは手洗いに連れていった。

道中いろんなものを触ったからな。それからうがい。ついでにぐっしゃぐしゃになった服をなんとか整えさせると、三人でもう一度店に戻った。

「それじゃ、はじめるぞ。ふたりはカウンターで見てるか？」

「みてる！」

「ルーも！」

ふたりは満面の笑みでカウンターの椅子によじ登り、自分らで作った「トルテの歌」を歌いはじめる。

メロディも歌詞もめちゃくちゃだけど、それだけ楽しみでたまらないんだろう。

それなら、とびっきりおいしいの作らなきゃな！

僕は気合いを入れて腕捲りをすると、さっそくお菓子作りに取りかかった。

まずは、ハンスさんオススメのディンケル小麦粉。

これをふるいにかけ、そこへアーモンドに似た風味のあるナッツを粉状にしたものと、ベーキングパウダー代わりに膨らまし粉を加えて混ぜる。

次に、室温に戻したバターを別のボウルでよーく練ってクリーム状にし、粉砂糖やココアパウダー、バニラエッセンス、それからスパイスを加えてさらに混ぜる。

ちなみに、イアで手に入らないココアパウダーやバニラエッセンスは、輸入商品を扱うご主人に頼んで似たようなものを取り寄せてもらった。

カレー用のスパイスを大量に仕入れてもらって以来、頼りにしている存在だ。古今東西の珍しいものに精通している彼ですら、バニラエッセンスの瓶を見て「なにに使うんだ？こんなもん」と不思議そうな顔をしていた。

まぁ、お菓子を作る人じゃなきゃ見たことはないかもね。

僕自身、再現料理っていう趣味のおかげで辛うじて知識を得た程度だ。

はじめたばかりの頃はお菓子作りの難しさに心が折れかけたもんだけど、今となってはやっておいて良かったと思う。

なんたって、こんなにうれしそうな顔が見られるもんな。

カウンターに頬杖をついてにこにこしている子供たちに幸せを感じながら、僕は粉類のボウルを手に取った。

さっきのバターの入ったボウルに中身を加え、溶き卵を加えてさらに混ぜる。

こいつを低温で一時間寝かせたら生地の完成だ。ここでも「タイム、〈フォワード〉！」を使わせてもらったよ。

生地ができたら、四分の一を残して平らにのばす。タルト型に薄くバターを塗り、小麦粉をほんのちょっとふりかけてから丁寧に生地を敷き詰めた。

その上に、ふたりの大好きな木苺のジャムをたっぷりと。

旬の木苺をたくさん買って、ジャムにしておいたんだ。パンに合うし、パンケーキにももってこいだし、さらにはソースの隠し味にもなる優れものだ。

残しておいた生地を紐状に伸ばし、ジャムを覆うように交差させて飾る。

さぁ、ここまで来たらあと一歩。

一八〇度にあたためておいたオーブンで四、五十分も焼けば完成だ。もちろん時空魔法が大活躍したことは言うまでもない。

オーブンから漂ってくる甘い香りに子供たちはメロメロだ。

「はうう～」

「にゃうう～」

食べる前からすっかり蕩《とろ》けそうな顔になっている。

焼き上がったトルテを取り出すと、「ふおおお！」と雄叫びのような歓声が上がった。

「いいにおい！　はやくはやく！」

「ルーたべたい！　いっぱいたべたい！」

「リーもいっぱいたべる！　ナオ！　ナオ！」

「わかったわかった。すごい勢いだな、ふたりとも……」

苦笑しながらトルテを切り分け、甘さ控えめのホイップクリームを添える。

三人分のお茶を入れてテーブルへ運ぶと、リーとルーはカウンターから弾丸のような勢いで追いかけてきた。

「はやく！　はやく！」

「はいはい。どうぞ、これはリーの。これはルーの」

「ナオのは?」

「僕のもあるよ。熱いから、ふうふうしながら食べるんだぞ」

「ん!」

「ん!」

目をきらきらさせながらふたりがフォークを手にする。

そうして一口目を頬張ったリーとルーは揃って顔を輝かせた。それはもう、ぴかぴかの笑顔だ。見ているだけで最高にしあわせな気持ちになる。

「ナオ、これ、すき! すき!」

「ルーもすき! おいしい!」

「良かった。気に入ってくれて」

いろんなことがあった分、うんと気持ちをこめた。これからは三人で楽しく暮らそうという約束の証でもある。

フォークを入れると焼き立てのタルト生地はさっくりと、中の木苺ジャムはねっとりと、ほどよい具合に合わさってとてもおいしい。生地に加えたココアの苦みもさりげなく利いている。

手と口をベタベタにしながら大よろこびする子供たちは、「うまー!」「うまま―!」とノワーゼルさんの真似まではじめた。

どうやら、それがふたりにとって「おいしい」の最上級表現らしい。

「ははは。僕も、うまうま！　だな」

「ね！」

「ねー！」

顔を見合わせ、三人で笑う。

これからも、ずっとこんな日々が続きますように。

手作りの料理やお菓子で愛情を伝えていけますように。

甘い木苺の香りに包まれながら、僕はそっと願うのだった。

7．異世界ごはんで子育て中！

ロッドヴァルトさんによる『偽《にせ》の父親事件』が一段落し、ようやく家に日常が戻った。
うん。やっぱり、平和が一番！
また前のような暮らしを取り戻すことができたのも、助けてくれた人たちのおかげだ。
だからどうしてもそのお礼をさせてほしくて、彼らをリッテ・ナオに招待した。
かくして今夜、総勢十三人のご馳走パーティがくり広げられることになっている。
楽しい夜になるといいな。
そんなことを考えながら鍋をかき混ぜていると、子供たちが駆け寄ってきた。
「ナオ、なにしてるのー」
「ニャオ、なんかニヤニヤしてるー」
ルーが得意げにこちらを指す。
こらこら、人を指さしちゃいけません。というか、もうちょっとオブラートに包んで。
苦笑しながらその場にしゃがんで目の高さを合わせる。

「ふたりとも、裏庭の探検は終わったのか？」

「おわった！」

「やりとげた！」

そうみたいだね。満足そうな顔だ。

髪の毛をかき混ぜるようにしてわしゃわしゃと頭を撫でてやると、ふたりは「きゃー！」とうれしそうな声を上げて頭を擦り寄せてきた。

「今夜は、お世話になった人たちがたくさん来るんだ。ふたりともご挨拶しような」

ぴょんぴょん飛び跳ねるふたりが転ばないようにさり気なく手を握りつつ、ふと見ると、窓の外が暗くなりかけている。

「おっと、もうこんな時間か。リー、ルー、灯りをお願い」

そう言うと、子供たちはすぐにキリッとした顔になった。

はじめてやって見せてくれた時に手放しで褒めたからか、ふたりは生活魔法を使う時はいつもこの表情になる。僕の役に立てるという実感があるんだろう。

そういうところがまたかわいいんだよなぁ。

デレッと頬をゆるませる僕をよそに、ふたりはホールに向かって手を翳《かざ》した。

「〈ライト〉！」

その瞬間、店内にふわっとオレンジ色の灯《あか》りが灯る。

雰囲気を出すために各テーブルには本物のキャンドルを、そして大ぶりのランタンにも灯りを入れ、暗い夜道の案内代わりに店の外にぶら下げた。

それが窓に映ってきらきらと光る。

うん。とってもいい雰囲気だ。

「よーし。それじゃ、張り切っておもてなしするぞー！」

「おー！」

「おー！」

小さな応援団とともに拳を上げた時だ。

「よう、兄弟。食いに来たぜ」

威勢のいい声とともにハンスさんがドアを開けた。肩越しに彼の奥さんや子供の姿も見える。

「ハンスさん。皆さんも、来てくださってありがとうございます」

「こっちこそ、なんにもしてねぇのに招待してもらってなんだか悪ィな。……だからよ、その礼にと思ってたくさん持ってきたからよ」

「え？　わっ」

ドサッと渡されたのは大量のパンだ。それも焼き立てほかほかの！

「わざわざ焼いてきてくれたんですか」

「パン屋にできることとっつったらそれぐらいだからな」

「そんな……気を使わせてしまってすみません」

「いいっていいって。俺も遠慮なく食わせてもらうからよ」

「おや。いい匂いがすると思ったら」

横からひょいと顔を見せたのはアンナさんご一家だ。

「こんばんは、アンナさん。その節は本当にお世話になりました」

「水くさいこと言いっこなしだよ。……それよりそれ、焼いてきたのかい？」

アンナさんが悪戯っ子のような目でハンスさんを見る。

「あったぼうよ。手ぶらで来ちゃあパン屋の名折れだ」

「考えることは皆同じだね。うちからもさ、ちょっとした差し入れがあるんだ」

そう言ってバスケットから取り出されたのはヴィヌマの瓶。それも特大サイズのものが三本も！

「料理やパンの相棒ときたらこれだろう？」

「そんな、アンナさんまで……」

「遠慮しないで受け取っておくれよ。みんなで楽しく飲もうじゃないか」

「お、なんだなんだ、新酒かよ。こりゃいいモンにありつけんな」

ハンスさんがさっそく目を輝かせる。

それを見て、アンナさんの旦那さんが「ガハハ！」と笑った。

「おめぇが来るって聞いたからよ。持ってこねぇわけにはいかねぇと思ってよ」

「俺も、おめぇの好きな黒パン焼いてあっからよ」

「あいつはヴィヌマに合うんだよなぁ。やるじゃねぇか、おい」

「なんなんだい。この仲良しコンビは」

アンナさんの一声にみんながドッと笑う。

聞けば、三人は幼馴染みなんだそうだ。どうりでなにからなにまで息ぴったりだ。

「ずいぶんにぎやかだな」

和やかに笑い合っていると、これまた耳馴染みのある声が割って入ってきた。

「ラインハルトさん！」

「やぁ、ナオ」

「こんばんは、ナオさん。お久しぶりですね」

「ウルスラさん。それにユルゲンさんも。ご一緒だったんですか」

「ギルドに立ち寄って、そのままな」

達成報告がてら顔を出し、そこから連れ立って来たのだそうだ。

「お仕事の後でお疲れでしょうに、わざわざすみません」

「なに。一段落したらどのみち来てたさ。ここは俺たちの定宿だからな」

「そうよ、ナオちゃん。堅苦しいことは言いっこなしよ」

「楽しみにしてきたんですよ。ナオさん」

「ありがとうございます。ラインハルトさん、デメルさん。ソフィアさんも」

「腹ァ減らして来たぞ、ナオ。今日もうまいモンたらふく食わせてくれ」

「ヴェルナーさんがそう言うと思って、ポトフ、たっぷり用意してますよ」

「そいつはありがてぇ」

　来てくれたゲストを笑顔で席に案内する。

　皆が揃ったところでホールに立ち、ひとりひとりの顔をゆっくり見回した。

「あらためまして、こんばんは。リッテ・ナオへようこそ。……なんか、こういうのって照れますね。でも、どうしても皆さんにお礼を言いたいので、少しだけ聞いてください。

――この店がオープンしてから今日まで、本当にいろんなことがありました。たくさんの方に支えていただきました。こうして続けられるのは皆さんひとりひとりのおかげです。本当にありがとうございます」

　すかさず拍手をしてくれたのはデメルさんだ。

「ロッドヴァルトさんの件では、残念ながら家族の再会とはなりませんでしたが、でも、だからこそ僕も覚悟を決めることができました。この子たちは僕が立派に育てます。誰になんと言われようとも、リーとルーはもう僕の大切な家族ですから。……な？」

「ナオ……」

「ニャオ……」

子供たちがぎゅっと僕の足に抱きついてくる。

それをしゃがんで抱き返し、小さくてあたたかい背中をぽんぽんと叩いてやった。

「少しでも皆さんにお返しできるように頑張ります。これからも、リッテ・ナオをどうぞご贔屓《ひいき》に。いつでもお待ちしています」

立ち上がって一礼すると、盛大な拍手に包まれる。

そんなあたたかな空気の中で楽しいパーティがはじまった。

今夜はいろんな料理を楽しんでほしいから一皿の量は控えめだ。コース料理というほど畏《かしこ》まったものではないけど、言ってみれば『リッテ・ナオスペシャル』だろうか。

まずは、アンナさんとっておきのヴィヌマと、ハンスさんの特製パン。これがなくちゃはじまらないからね。

それからいつものポトフを持っていくと、ありがたくも拍手喝采に迎えられた。

「ここのイチオシと言ったらこれだね」

「おいしいですよねぇ、ナオさんのポトフ。ベスティアがこんなにおいしくなるなんて、いまだに信じられません」

「一度あたしも真似してみたんだけどさ、絶対自分じゃ作れないんだよ、これが」

「作ってみようと思うこと自体がすごいですよ。わたしなんて食べる専門ですもん」

「それが賢い選択だね」

アンナさんとウルスラさんが意気投合している。

次にルルドとリンゴのフルーツサラダ、通称『ピンクのサラダ』を出すと、ふたりから「わぁっ！」と声が上がった。

あ、そうか。アンナさんやウルスラさんは見たことなかったんだっけ。

そして意外にも、気に入ってくれたのは高齢のユルゲンさんだった。

「あっさりしていて酸味もいい。年を取るとこういうのがありがたいんじゃ」

「ふふふ。ギルド長ったら、お髭がピンクになってますよ」

「おや」

見れば、ユルゲンさん自慢の髭《ひげ》がかわいらしい色になってるじゃないか。

だが本人は慌てるどころか、むしろ楽しんでいるようだ。

「ヴィヌマを飲めばどのみちヴィヌマの色になる。構わんよ」

「まぁ、素敵。楽しい時間を過ごしたっていう勲章みたいなものね」

デメルさんが小さく手を叩く。

「そのとおり。最高の幸せじゃ」

「ナオちゃんのお料理も、アンナさんのヴィヌマも、みんなを幸せにするのねぇ」

「おっと。俺のパンも入れてくんな。こいつにはとっておきのディンケル小麦を使ってるからよう」

「だから、おめぇはディンケルディンケル煩ぇんだって」

すかさず割って入るハンスさんとアンナさんの旦那さんが顔を見合わせて「ガハハ」と笑う。もうすっかりでき上がっちゃってるな。飲むとすぐ赤くなるところまでそっくりな仲良しコンビだ。

そんなふたりには胃を休めるための魔法のスープを、他の人たちにはトリッパとうずら豆のオーブン焼きやメノウのムニエルを、それぞれ少量ずつ出した。

「へぇ。トリッパっていうのはうまいもんだな。内臓と聞いて遠慮していたが……」

「ラインハルトもこの機会に好き嫌いをなくせよ」

「ヴェルナーに言われる日が来ようとは……」

ラインハルトさんが複雑そうな顔をする。

その隣で笑っていたソフィアさんは、ムニエルを一口食べるなりぱっと顔を輝かせた。

「メノウ、とってもおいしいです。甘酸っぱいソースが利いていて」

「ほっほっほっ。ソフィアも気に入ったかね。そいつはわしのお気に入りでな」

「まぁ、ギルド長も」

「はじめてここへ来た時に、ナオがわしのために作ってくれてなぁ……」

ユルゲンさんが経緯を語れば、ソフィアさんもお返しに『ピンクのサラダ』の話をする。

そういえば、このふたりにはオリジナルメニューを作ったんだっけ。どちらもあっさり甘酸っぱい系の味だったから、そもそも食の好みが似てるのかも。

空いた皿を下げに回っていると、ラインハルトさんが手招きしてくれた。

「ナオ。おまえもそろそろ座ったらどうだ」

「そうだよ。せっかくなんだし、一緒に楽しもうじゃないか」

「アンナさんまで」

「おっと。そんじゃ、座る前に俺にあいつをくれ」

慌てて割って入ってきたのはヴェルナーさんだ。

「あいつって、もしかして……」

「カレーだ」

「う、嘘でしょ？　こんなに食べたのにまだ入るんですか!?」

思わず仰《の》け反《ぞ》ってしまった。

この人の胃袋、マジでどうなってんだ！

「言ったろう。たらふく食わせろって。冒険に出てちゃカレーの日には来られないんだ」

「それはそうですけど……」

ヴェルナーさんが目で「いいから早く」とダメ押ししてくる。

ええい。こうなったらもうヤケだ。

「わかりましたよ。じゃあ、思いきって聞きますけど、カレー食べる人ー？」

「はーい！」

全員の手が挙がった。

「……一応言っておきますけど、デザートもありますからね？」

「それはそれ、これはこれよ。カレーは別腹っていうでしょ？」

なにそれ怖い……。

「リーとルーも、カレー食べるか？」

「たべる！」

「ルーも、たべる！」

「はーい、決定。お願いね、ナオちゃん」

大好きなカレーまで出るとわかり、子供たちは目をきらきらさせながら飛び跳ねる。

「カレーうまうま～～うまうまカレ～～～」

「うまうままま～～うまうまカレ～～～」

即興ではじまったカレーソングに大人たちは大爆笑だ。お尻ふりふり、腰をくねらせながら躍る謎のカレーダンスまで加わった結果、ハンスさんは笑い転げ、アンナさんは涙を拭いながら大笑いした。

デメルさんはもちろん、ラインハルトさんもヴェルナーさんも、ソフィアさんまで声を立てて笑っている。ウルスラさんは言うに及ばず、ユルゲンさんまでうれしそうだ。

もうすっかりみんなのアイドルだな。

もちろん、僕もそのひとりだ。

キッチンに戻り、カレーの鍋をあたためながら、目の前でくり広げられる『リー&ルー劇場』を一緒に楽しむ。いつの間にそんなにレパートリーを用意していたのか、ふたりは次から次にオリジナルソングを披露《ひろう》しては拍手喝采を浴びた。

ポトフの歌に、パンケーキの歌。トルテの歌に至っては二番まである。

うんうん。大好きだもんな。

うれしそうにはしゃぐふたりを見つめながら、これまでのことをしみじみと思い返す。

あんなものも作った、こんなこともあったと、歌を聴くたびに記憶は鮮やかに蘇った。

ある日突然、こちらの世界に召喚された時はどうなることかと思ったけど、その先にはこんな幸せな未来が待っていた。

大切な仲間に恵まれたし、子供たちとも巡り会えた。

ここが僕の居場所なんだな……。

「ニャオ、ニャニャしてるー」

ひとりでしみじみと浸っていたところへ、ルーが盛大に爆弾を落とした。

「おいおい、なに考えてたんだぁ？」

「ちょ…ハンスさんまで！　そんなこと言うとカレーあげませんからね」

「うおっ。そいつは悪かった。な、ナオ。このとおり！」

ハンスさんの必死な様子につい噴き出してしまい、それを見たみんなもドッと笑った。

「それじゃ、持っていきますよ。カレーパーティのはじまりです」

「おおおー！」

店内ににぎやかな声が響き渡る。

こうして楽しいパーティは夜遅くまで続くのだった。

エピローグ

清々しい朝の空気が頬を撫でる。

これぞ絶好のお出かけ日和《びより》だ。

ギルドに行くぞと言った途端、「おでかけ！」「おでかけー！」とテンションが上がって
そこら中を駆け回っている子供たちを見ながら、しあわせについつい頬がゆるんだ。

リッテ・ナオは、あのパーティの翌日から営業を再開している。長らくＣＬＯＳＥ札を
出していたので、また一からやり直すつもりで店を開けた。

「ナオ、遅かったじゃねぇか。待ち焦がれたぞ」

「このポトフがまた食べたくってねぇ」

「やっぱうめぇな、おい！」

そう言ってあたたかく迎えてくれるイアの人たちがいるからこそ、僕は頑張れるんだ。

これからも、もっともっとおいしいものを作らなくちゃな。

子供たちも張りきってお手伝いをしてくれている。最近ではリッテ・ナオの看板息子と

して、みんなのアイドルになっているようだ。ふたりの屈託《くったく》のない笑顔が見たくて来たと教えてくれる人もいた。

これから先、どんなふうに育っていくのか楽しみだ。

「な！」

声をかけると、ふたりはきょとんと首を傾げる。

けれどすぐ、笑いかける僕につられてふたりとも「ふふー」「へへー」と笑った。

うんうん。今日も僕の子供たちは最高にかわいい！

「さて。それじゃ、そろそろ行こうか」

右手をリーと、左手をルーと、それぞれつないで家を出る。

今日の目的は他でもない、ラビネル草のことだ。前回はロッドヴァルトさんの件でそれどころではなくなってしまったので、あらためての報告と、現物を渡しに行くのだ。

ギルド内は、午前中ということもあって比較的空いていた。夕方ともなると依頼の達成報告でごった返すからね。

いつものとおりカウンターに行くと、僕たちを見つけたウルスラさんがにこやかに手をふってくれた。

「おはようございます、ナオさん」

「ウルスラさん。おはようございます」

子供たちは口々に「ウルスラちゃん！」とかわいいお姉さんにアピールしている。手をふり返してもらってご機嫌だ。

「この間はご馳走さまでした。あれからお店の方はどうですか？」

「ええ、おかげさまで皆さんに来ていただいてます」

「良かった。これで、採取もバリバリこなしてもらえそうですね！」

ウルスラさんがうれしそうに手を叩く。

もう。それをスルッと言っちゃうところが憎めないんだから。

「ところで今日は？　新しい依頼票ならいくつか出てますよ」

「あ、いえ。実はちょっとご報告が……」

ラビネル草を取り出すべく、マジックバッグに手を突っこむ。

あれ？　……あ、そっか。大事なものだから奥の方にやったんだっけ。えーとえーと、これか？　いや、これか？　あぁ、あったあった。

「これをお見せしたくて」

得意げに取り出した瞬間、ウルスラさんがきょとんとなった。

そりゃそうだ。だって、ゲームのコントローラーだもん。

「うわっ、すみません。間違えました！」

ひえー！　恥ずかしい。なにやってんだ僕は。

貴重なラビネル草が傷まないようにと箱に入れておいたばっかりに、ここぞという時に余計な恥を……。

「……今のはもしかして、新種の魔草ですか……？」

「んなわけないじゃないですか～～～」

真剣な顔で訊ねてくるウルスラさんに笑って誤魔化すと、気を取り直してラビネル草の入った箱をカウンターに置いた。もちろん、魔草にはロックをかけてある。

「今日来たのはこのためです。これをご報告しようと思って」

蓋を開けて中身を見せると、ウルスラさんはたっぷり一分固まった。

「……これは、見たことないですね」

「たぶん、皆さんそうじゃないかと」

「ナオさん、まさかと思いますけど、これ」

「はい。そのまさかです」

ウルスラさんが、ガタン！　と音を立てて椅子を立つ。

「ちょっ、ちょっと大変！　大変です！　ギルド長！　ギルド長ーっ！」

カウンターを飛び出したかと思うと、ものすごい勢いで階段を駆け上がっていく後ろ姿を僕はぽかんとしながら見送るしかなかった。

ふと見れば、周りの人たちも同じように目を丸くしている。まぁそうだよね。

「あのう……それ、本当にラビネル草なんですか？」

隣のカウンターの職員さんがおそるおそる箱を覗きこんだ瞬間、ギルド内は我に返ったように騒然となった。

「聞いたか、おい。ラビネル草だってよ！」

「幻の魔草じゃなかったのか」

「兄ちゃん。どこで取ってきたんだ」

「俺に売ってくれ。言い値で買う」

あっという間に取り囲まれ、揉みくちゃにされる。子供たちだけは守らなければと無我夢中で抱き締めていると、そこへ救世主よろしく凛とした声が響いた。

「皆のもの。ナオを離してやってくれ。話ならわしが聞こう」

「ユルゲンさん！」

途端に、潮《しお》が引くように厳つい男たちが離れていく。ギルド長の命令は絶対なのだ。

とはいえ、毎度お騒がせしてすみません……。

ここではなんだからと二階の執務室に連れていかれる。

そこであらためて採取までの道のりや、ラビネル草の生態について報告し、資料用にと実物を差し出すと、その場ですぐに買い取りが決まった。それればかりか、ユルゲンさんは採取にかかった費用までギルドで持つと申し出てくれた。

「そんな、とんでもない！　僕が個人的に取ってきただけなので……」

「きっかけはどうあれ、結果として、イアのギルドに学術的な価値をもたらしてくれた。これでラビネル草について多くのことがわかるだろう。危険を冒して採取に行ってくれたナオのおかげじゃ。それに対してギルドは相応に応えねばならん」

「でも」

「受け取ってください、ナオさん。ギルドから採取のお墨付きが出たって意味ですから」

ウルスラさんも横からアドバイスしてくれる。

「協力していただいたお礼のつもりだったんですが……僕ばかり得しちゃって、なんだかすごく恐縮です」

「なに。お互いが得をしたということじゃ」

「ナオさんにはもうひとつ、うれしいお知らせがありますよっ。ランクアップおめでとうございます！」

「へ？」

どうやら、今回の功績で魔法使いランクが一気に跳ね上がったらしい。

ウルスラさんにせっつかれてギルドカードを手渡すと、彼女は嬉々としながら情報を更新してくれた。

きっとこれで、さらに高ランクの依頼を受けることも可能になるんだろう。

「あ、そうだ。良かったらこれも買い取ってもらえませんか？　子供たちが見つけてきたんです」

ふと思い立って、最近採取した珍しい魔草をいくつかを取り出す。

けれど目の前のテーブルに積み上げるなり、またしてもウルスラさんがフリーズした。

あれ？　おかしいな。てっきりよろこんでもらえると思ったんだけど……。

もしかして、ショートカットしすぎて呆れられちゃったかな。

「すみません。先に自分で依頼票確認してこいって話ですよね」

「待ってください！」

マジックバッグにしまおうとした瞬間、手首をグイと掴まれた。

「なかったことにはさせないですよ？　ナオさん」

あ、なんか目がマジだ、これ……。

その隣ではユルゲンさんが「ほほう」と目を輝かせている。

「よく見つけたもんじゃ。大した力だ」

「魔草を見つけるにも力がいるんですか？」

「そりゃあのう。この子たちは草魔法が使えるようだが、それだけでなく、もともと強い魔力を持っているようだ」

へぇ。そうだったんだ。

子供たちを見ると、褒められているのがわかるのか、なんとも得意げな顔をしている。

ソフィアさんが結界を壊した時といい、実はすごいふたりなのかもしれない。

普段は甘いもの大好きな甘えっ子だけどね。

そんなふたりが見つけた魔草の報酬も無事受け取ってギルドを出る。

「よし。それじゃ帰ろうか。今日もお仕事頑張らないとな」

両手を子供たちに差し出すと、ふたりはうれしそうに僕の手をぎゅっと握った。

「リー、がんばるよ」

「ルーもがんばる。たくさん、〈ヒール〉する」

「じゃあ、リーは〈ウォッシュ〉する！」

「ルーも！　〈クリーン〉もする！」

ふたりはぴょんぴょん飛び跳ねながら我も我もと主張する。

「ふたりとも、ありがとうな。お手伝いしてくれてとっても助かるよ」

「ふふー」

「ふふふー」

ふたりの歩幅に合わせて歩きながら、これからの未来に思いを馳《は》せた。

この子たちは将来、どんな道を歩むのだろう。リッテ・ナオを継いでくれたらもちろんうれしいけど、それぞれが好きなことをするのもとても素敵だ。学校に行ってもいいし、修行に出るのだってわくわくするだろう。

そうなったら、店を手伝ってくれる人を探さなくちゃな。

僕が生活魔法を使えたらひとりでやっていけるのかもしれないけど、残念ながらチートできるほどの魔力は持ってないし……。

『へっぷし！』

つらつらとそんなことを考えていたら、頭の中で盛大なくしゃみが響き渡った。

『あはは。聞いてたんだ、ランラン』

『いえ、その、決して盗み聞きするつもりではっ』

『うんうん。通常運転で安心したよ』

子供たちと一緒なので、言いたいことは心の中で思うだけだ。それでも会話が成り立つんだからつくづく便利なシステムだよね。

『それよりナオさん。さっきギルドで、こんとろーらーを出したでしょう。ぼく、おかしくって』

『あ、見てた？　焦ったよ～』

『懐かしいですね。はじめてナオさんとお会いした時も、あれ持ってましたもんね』

『そうだったなぁ。あれからもう一年近く経つなんて……ランランに無理矢理召喚された時はどうなることかと思ったけど』

『うっ。その節は本当に……』

　おっちょこちょいのチビ天使がすかさず土下座の体勢に入る。見えなくとも気配でわかるようになってしまった。

『いいよ、怒ってないってば。……いや、良くはないのか？　まぁとにかく僕の居場所はもうここにあるしね。これからもここで頑張っていくよ』

『ナオさんん……』

　おっと、待って。泣かないでランラン！　喧《やかま》しいから！

『だから、これからもよろしくな。ランランのこと頼りにしてるからさ』

『ふえっ』

　泣き止んだと思いきや、すぐに『ふふっ』と含み笑いが聞こえてくる。

『ぼく、ナオさんに頼りにしてもらえてるんですね。うれしいです！』

　この切り替えの早さ！

　とにかくおっちょこちょいだし、特技といえば土下座だし、鼻水垂らして泣き喚く変な神様だけど、僕にとってはこの世界ではじめての大切な友達だ。神様を友達呼ばわりするなんて普通なら許されないだろうけど、ランランならいいんじゃないかな。

　いや、むしろ……。

『ぼくのこと、友達だと思っててくれたんですかっ！』

ほらね。大よろこびだ。

『ナオさんもぼくの大切なお友達です。これからもよろしくお願いしますね、ナオさん』

『うん。こちらこそ』

ぶんぶんと手をふりながらランランの気配が消えていく。

そうこうしているうちに店が見えてきた。

こうして通りを歩いていると、壁から突き出したリッテ・ナオの黒看板がよく見える。

散歩の帰り、マーケットからの帰り、いつも見上げては誇らしく思ったものだ。

店のドアに手をかけながら、大好きな子供たちを交互に見下ろす。

「僕はこれからお料理するけど、ふたりはどうする？　裏庭で遊んでるか？」

「リー、おてつだい、する！」

「ルーもする！」

「いいのか？　遊んできてもいいんだぞ」

「んんん！」

意思は硬いようだ。

「ナオと、いっしょがいい」

「ルーも。ニャオがいい」

もう。そんなかわいいこと言ってくれちゃって……！

思わずその場にしゃがみこむと、ふたりまとめてぎゅうっと抱き締めた。

「リーもルーもありがとうな。じゃあ、三人でおいしいものいっぱい作ろうか。せっかくだし、おやつも作ろう。ふたりの好きなトルテにしよう」

そう言った途端、子供たちは「わー！」と大歓声を上げた。目なんてもうきらきらだ。

「トルテ！　トルテ！」

「つくる！　つくる！」

ふたりの十八番ともいえる『トルテの歌』に合わせてリーとルーがくるくる踊る。

僕はそんなふたりに笑いをこらえながらキッチンカウンターをぐるりと回った。

これからも、ずっとずっとずっと、こんな日々が続いていきますように。

そんな願いをこめながら僕はいつものように袖を捲った。

おわり

コスミック文庫α

異世界《いせかい》ごはんで子育《こそだ》て中《ちゅう》！
～双子のエルフと絶品ポトフ～

2023年１月１日　初版発行

【著者】　宮本《みやもと》れん
【発行人】　相澤　晃
【発行】　株式会社コスミック出版
〒154-0002　東京都世田谷区下馬 6-15-4
【お問い合わせ】 一営業部一 TEL 03(5432)7084　FAX 03(5432)7088
一編集部一 TEL 03(5432)7086　FAX 03(5432)7090
【ホームページ】 http://www.cosmicpub.com/
【振替口座】 00110-8-611382
【印刷／製本】 中央精版印刷株式会社

ISBN978-4-7747-6443-6 C0193